古典文学大字本

杜甫詩選

谢思炜 评注

人民文学出版社

图书在版编目（CIP）数据

杜甫诗选/谢思炜评注. —北京：人民文学出版社，2021(2025.1重印)
(古典文学大字本)
ISBN 978-7-02-017045-6

Ⅰ. ①杜… Ⅱ. ①谢… Ⅲ. ①杜诗—诗集 Ⅳ. ①I222.742

中国版本图书馆 CIP 数据核字(2021)第 040017 号

责任编辑　董岑仕
装帧设计　刘　远
责任印制　张　娜

出版发行　人民文学出版社
社　　址　北京市朝内大街 166 号
邮政编码　100705

印　　刷　三河市宏盛印务有限公司
经　　销　全国新华书店等

字　　数　161 千字
开　　本　710 毫米×1000 毫米　1/16
印　　张　18.25　插页 2
印　　数　10001—13000
版　　次　2005 年 6 月北京第 1 版
印　　次　2025 年 1 月第 4 次印刷

书　　号　978-7-02-017045-6
定　　价　39.00 元

如有印装质量问题，请与本社图书销售中心调换。电话:010-65233595

目　录

前　言

杜甫字子美，生于唐玄宗先天元年（712），卒于唐代宗大历五年（770）。他的祖籍是京兆杜陵（今陕西西安），出生于巩县（今河南巩义）。他的远祖杜预，是西晋著名军事家和历史学家。祖父杜审言是初唐著名诗人，唐中宗时官至修文馆直学士。父亲杜闲只作过兖州司马、奉天令等官职。杜甫出生在一个世代“奉儒守官”（杜甫《进雕赋表》）、有良好文化传统的家庭，他自己曾自豪地宣称：“吾祖诗冠古”（《赠蜀僧闾丘师兄》），“诗是吾家事”（《宗武生日》）。他自述：“往昔十四五，出游翰墨场。……七龄思即壮，开口咏凤凰。九龄书大字，有作成一囊”（《壮游》），年轻时便表露出优异的文学才华。

杜甫的生平经历大致分为四个阶段。三十五岁以前，是他读书和游历的时期。从二十岁起，他开始了十年左右的漫游。南至吴越，北达齐赵，其间曾于唐玄宗开元二十三年（735）二十四岁时回洛阳参加进士考试，但未考中。这一时期，他结交了李白、高适等著名诗人，度过了一段“放荡齐赵间，裘马颇清狂。……快意八九年，西归到咸阳”（《壮游》）的生活。

玄宗天宝五载（746）杜甫三十五岁时来到长安，自此开始了十年的困守长安生活。天宝六载（747）他参加了一次特科考试，结果主持者李林甫以“野无遗贤”为辞黜落了所有参考者。此后杜甫四处干谒投赠，乞求汲引，有着“朝扣富儿门，暮随肥马尘。残杯与冷炙，到处潜悲辛”（《奉赠韦左丞丈二十二韵》）的惨痛遭遇。天宝十载（751），他又直接向皇帝进献《三大礼赋》，得到赏识，获得“送隶有司，参列选序”（《进封西岳赋表》）的资格。但待选的过程十分漫长，直到天宝十四载（755）才授官河西县尉，后改官右卫率府兵曹参军。其间，杜甫一家难以维持生计，不得不送家人寄居奉先县，乃至发生“幼子饥已卒”（《自京赴奉先县咏怀五百字》）的惨剧。

天宝十四载十一月，安史之乱爆发，这是唐王朝由盛而衰的重要分界。此后三年，杜甫经历了陷贼与为官阶段。战乱爆发后，杜甫先是携家人避难鄜州。他自己只身奔赴灵武肃宗即位所在，途中被叛军虏往沦陷的长安，八个月后才脱身逃出，于肃宗至德二载（757）五月抵达凤翔。其后在肃宗朝任左拾遗，由于上疏救房琯而触怒肃宗，于当年闰八月墨制放往鄜州探家。还朝后终因房琯事件影响，于乾元元年（758）六月出为华州司功参军。

乾元二年（759）秋关中饥馑，杜甫弃官西去，抵秦州，再往同谷，十二月动身入蜀，抵成都，从此开始了漂泊西南的生活。杜甫在成都营建草堂，有一段相对平静的生活。代宗宝应元年（762）七月，成都尹严武被召还朝。少尹徐知道作乱，杜甫避乱梓州、阆州。广德二年（764）春，杜甫本已打算自阆州转道渝州离蜀，但得到重任成都尹的严武邀请，于是重回成都，入严武幕府，授检校工部员外郎职。永泰元年（765）四月严武病逝，杜甫失去依凭，五月离开成都，乘船经嘉州、渝州、忠州，因肺病和风痹之疾不得不在云安养病，半年后又迁往夔州，在夔州居住近两年。大历三年（768）春，杜甫放船出峡，到达荆州，又往公安，岁末再南去岳州。大历四年（769）杜甫在潭州，因避湖南臧玠之乱又南下衡州。在经过一年多的漂泊之后，大历五年（770）秋诗人病逝于由潭州北返的船上。

杜甫一生创作的诗歌保存下来的共一千四百馀首，其中读书游历时期保留下来的作品较少，是他创作的准备期。困守长安时期他的生活和思想发生很大变化，创作逐步走向成熟。安史之乱中，杜甫创作了大量直接记录时代变化和个人命运的作品，奠定了杜诗“诗史”

性创作的基本面貌。成都和夔州生活时期，杜诗的创作数量最多，题材、风格日趋多样丰富。

在杜甫创作中始终贯穿着两条线索，一条线索是国家命运和时代变化，另一条线索是个人遭遇和思想发展。杜甫的思想起点应当说与盛唐其他士人大体相同，李白等精神前辈对他的影响尤为明显。他经历了壮游、纵酒、求仙访道等等生活，为求进身也不得不投赠干谒，多方侥幸。尽管他有过“致君尧舜上，再使风俗淳”（《奉赠韦左丞丈二十二韵》）之类表达宰辅梦的夸张言谈，但在实际求仕中他为自己规定的切实目标是：“沉郁顿挫，随时敏捷，而扬雄、枚皋之流，庶可跂及”（《进雕赋表》）。然而，困守长安使他的基本愿望落空，生活每况愈下更使他对现实痛感失望，发出“儒术于我何有哉，孔丘盗跖俱尘埃”（《醉时歌》）的强烈质疑。这不是诗人一时的愤激之词，而是真实反映了作为举子进身之阶的“儒术”在现实生活中的命运。

但重要的是，杜甫的思想发展并未止步于此。个人生活挫折使他比其他人更深切地观察到唐玄宗后期的政治黑暗和社会矛盾的尖锐，而当深刻感觉到儒家社会理想图景与社会现实的强烈反差后，他便从对“儒术”作用的质疑转变为依据儒家思想对现实展开批判，在困守长安时期写作了《兵车行》、《丽人行》等揭露现实的作品。当自己家庭也陷入生活困境时，他在《自京赴奉先县咏怀五百字》等作品中真切展示了自己如何因幼子之卒，而念及“抚迹犹酸辛，平人固骚屑。默思失业徒，因念远戍卒”，这正是儒家先贤所讲的“仁者爱人”的情感发现过程。正是这种在更高精神层次上对儒家伦理原则的认同，使得杜甫在对唐王朝社会危机有着清醒认识并展开全面批判的同时，在诗歌创作中也开始有意识地恢复和强调“忠君”观念，以表达他维护王朝稳固和儒家理想秩序的自觉意愿。

安史之乱的暴发，使杜诗的创作主题发生重大变化，由对社会危机的揭露转而表现唐王朝及其人民与叛乱者的生死斗争，在诗歌中劝勉人民全力支持平叛战争，并以政论形式直接就战局变化和平叛战略发表政见，先后写作了《悲陈陶》、《哀江头》、《洗兵马》等重要作品。杜诗的“忠君忧国”主题也因此在这一特定历史阶段得以持续深化，具有了更为直接的现实意义。与此同时，诗人还用大量篇幅来描写战乱之中的人伦之情，表现对妻子和孩子的爱，对亲友的思念，以及与朋友的患难之情，乃至邻里之间、普通人民之间的亲切感情。在与动乱杀伐相对立的意义上，诗人倾情歌颂赞美这种朴素而普泛的人类道德情感，写出了《月夜》、《彭衙行》、《赠卫八处士》、《羌村三首》等优秀作品。政治主题和人伦主题在杜甫这一时期的创作中紧密关联，互为补充，往鄜州探家时所作长篇《北征》是其中最有代表性的作品。随着战乱的持续，杜诗所揭示的社会内容愈趋深广。在“三吏三别”等作品中，他在劝勉人民支持唐王朝与叛军斗争的同时，也揭示了战争给人民带来的巨大灾难，展现了两种不同性质的社会矛盾交织在一起的复杂局面，达到了空前的历史真实。

漂泊西南时期，杜甫尽管远离政治中心，并逐渐断绝了返朝从政的希望，但他仍时刻关注政局，所到之处继续用诗歌记录耳闻目睹的社会动乱和人民生活困苦。如《草堂》诗记述成都之乱，《负薪行》、《最能行》记录夔州土风，《岁晏行》等作品反映赋税沉重、钱法大坏。在不承担任何直接政治责任、“流落饥寒，终身不用”的情况下，杜甫关爱民生的情怀更为宽广深挚，《茅屋为秋风所破歌》等作品尤为充分地体现了他的这种博爱精神。

杜甫对儒家道德精神的重新发现和实践，使他成为士人伦理自觉和唐代儒学复兴的精神先驱。同时，他在诗歌中一方面表现自传性的个人经历，另一方面展现时代和社会生活的巨大变化，进一步发展了中国文人诗歌的言志抒情传统，使杜诗具有一种新的“诗史”性内涵。唐代元稹作《杜工部墓系铭》，称杜甫“尽得古今之体势，而兼人人之所独专”，“诗人以来，未有如子美者”。宋人推杜甫为诗歌“集大成者”（见秦观《韩愈论》、陈师道《后山诗话》引苏轼语），“圣于诗者”（杨万里《江西宗派诗序》)。后人遂称杜甫为“诗圣”(见杨慎《升庵诗话》等),与“诗仙”李白、“诗佛”王维等称谓相并列。

杜甫擅长各类诗体和题材的创作,其中有几类创作具有独特的创造性,最值得重视。一类是以记述个人思想经历为主的长篇五古和五言长篇排律。这类创作具有“自我剖析式”诗歌的特点,通过详述个人遭遇,剖析揭示思想矛盾和痛苦,同时反映社会环境和政治时事。这类作品的代表作是《自京赴奉先县咏怀五百字》和《北征》等。另一类是叙事型作品,用故事或纪事形式直接反映社会现实,其中包括用七言歌行体写作的《兵车行》、《丽人行》等作品,这些作品采用了乐府诗体形式,但却属于由杜甫首创、“即事名篇,无复依傍”(元稹《乐府古题序》)的“新题”乐府。此外,还包括“三吏三别”等用五古诗体写作的作品。以上两类创作体现了杜诗反映社会现实的深度和广度,同时也是体现杜诗思想内涵和历史内涵的重要创作领域。

此外,杜甫还在律体诗、尤其是七言律体写作上倾注了极大精力。杜甫自谓:“晚节渐于诗律细”(《遣闷呈路十九曹长》),愈到晚年愈喜爱在这种律则要求十分细密而谨严的诗体中寻求创造性的发挥。成都时期和夔州时期,杜甫写作的七律最多。他所作的七律,超过了同时代其他诗人作品的总和。他除用这种诗体写景言怀、赠别酬唱外，还写作了《诸将五首》、《秋兴八首》、《咏怀古迹五首》等各类题材的七律组诗，此外还有意突破格律，写作了一批拗体律诗。正是在他的努力下，七律诗体在风格和表现手法上才臻于完美，“杜律”也成为后代文人创作极力效法的典范。

杜诗由于其思想内涵和艺术形式方面的典范意义，自宋代以来成为文人写作取则效法的对象，也引起注释家和研究者的极大兴趣，出现了众多注本，形成了所谓“杜诗学”。宋人曾有“千家注杜”之说，据统计，流传下来比较完整的杜诗注本有一百馀种。清代学者总结前人的研究成果，在杜诗注释和研究中取得的成绩尤其令人瞩目。其中，钱谦益《杜诗笺》（《钱注杜诗》）、仇兆鳌《杜诗详注》、浦起龙《读杜心解》、杨伦《杜诗镜铨》等注本，影响较大。但由于杜诗牵涉问题广泛，校勘异文众多，理解歧异随处可见，旧注中又往往有任意穿凿、比附史实的情况，杜诗注释中的曲解误说也相当普遍。钱谦益就曾列举出前代注本中“伪造故事”、“傅会前史”、“颠倒事实”、“错乱地理”等诸种错讹。其实，钱注本身片面以诗附史，穿凿之处也很多。此外，前人由于所见校勘资料不全、对唐代语言不了解，在杜诗注释中也留下很多空白。二十世纪以来，杜诗研究和注释新作层出不穷，在校勘、史实、语言和思想艺术研究方面取得了丰硕成果，但由于思想和学术条件所限，也出现过一些曾经影响一时的谬说。在选注本中，冯至、浦江清等先生的《杜甫诗选》，萧涤非先生的《杜甫诗选注》，邓魁英、聂石樵先生的《杜甫选集》，都曾产生较大影响。本书的编选，参酌以上所举清代及近人注本，选目力求包括杜甫最为传诵、最有代表性的名篇，注释较简，但力求稳妥可据，解读参取各家，运以己意，希望对读者理解原作有所帮助。对本书的缺失错误，敬祈读者专家指正。

2005年元宵节后于清华园荷清苑

望　岳[1]

岱宗夫如何[2]，齐鲁青未了[3]。
造化钟神秀[4]，阴阳割昏晓[5]。
荡胸生层云，决眦入归鸟[6]。
会当凌绝顶，一览众山小[7]。

【注释】

1　岳：指东岳泰山。

2　岱宗：泰山一称岱宗。《尚书·舜典》："东巡守至于岱宗。"孔氏传："岱宗，泰山。为四岳所宗。"应劭《风俗通义·五岳》："东方泰山……尊曰岱宗。岱者长也。"夫（fú）：发语词。此句设为问句，问泰山其状如何。

3　齐鲁：周代所封的两个诸侯国。齐在泰山以北，鲁在泰山以南。《史记·货殖列传》："泰山之阳则鲁，其阴则齐。"青：山色青翠。未了：未尽，望不到边际。此句写远望泰山，地接齐鲁，其势辽阔。

4　造化：天地万物之所从生，指大自然。钟：聚集。繁体字作鍾，与鐘鼓的鐘不是同一字。此句谓大自然将神奇秀美之气聚集于泰山。

5　阴阳：山北背日为阴，山南向日为阳。昏晓：日出为晓，日没为昏。此句写泰山山峰两侧昏晓有别，如刀割一样。

6　决眦（zì）：形容眼睛睁得很大。决，裂开。眦，眼眶。这两句写近望泰山，心胸随层云翻动而震荡，眼力因搜寻归鸟而极尽。

7　会当：一定要，料想之词。凌：登临，居于其上。绝顶：山的最高处。《孟子·尽心上》："孔子登东山而小鲁，登泰山而小天下。"这两句想象登上泰山之顶后四望所见，暗用《孟子》语意。

【解读】

这首诗是唐玄宗开元二十四年（736）至二十八年（740）诗人漫游齐赵时期所作。诗中极力描绘泰山的雄伟气势，同时也抒发了年轻诗人的豪迈志向。全诗围绕着"望"字层层展开，前四句是远望和俯望，五、六两句是在山麓、山间近望，最后两句是想象登顶之后四下瞭望，借"一览众山小"寄寓远大胸怀，符合登高言志的写作要求。从修辞角度看，此诗造句用力，且富于变化。如三、四两句"钟"、"割"两个动词的使用，显出锤炼的功夫。五、六两句则使用了倒装句式。但此诗也有稚拙的句子，宋人范温说："老杜诗凡一篇皆工拙相半……《望岳》诗无第二句，而云'岱宗夫如何'，虽曰乱道可也。"（《潜溪诗眼》）在诗人也许是锤炼功力不足，但客观上却形成了所谓"工拙相半"的艺术效果。

登兖州城楼[1]

东郡趋庭日[2]，南楼纵目初。
浮云连海岱，平野入青徐[3]。
孤嶂秦碑在[4]，荒城鲁殿馀[5]。
从来多古意，临眺独踌躇[6]。

【注释】

1　兖州：今属山东。时杜甫的父亲杜闲官兖州司马，杜甫前往省视。

2　东郡：即兖州。汉代东郡为兖州属郡。趋庭：《论语·季氏》载：孔子之子孔鲤“趋而过庭”。后用“趋庭”指子承父教。此句意谓往兖州拜见父亲。

3　海、岱、青、徐：《尚书·禹贡》：“海、岱惟青州”；“海、岱及淮惟徐州”。海指渤海、东海，岱即泰山。古青州在海、岱之间，古徐州在海、岱及淮水之间。这两句写兖州地势，北有泰山，东与海相望，地接青、徐二州。

4　孤嶂：孤峰，指峄山，又名邹峄山，在兖州所属邹县（今属山东）东南。峄山有秦始皇刻石。《史记·秦始皇本纪》：“始皇东行郡县，上邹峄山，立石，与鲁诸儒生议，刻石颂秦德。”

5　鲁殿：鲁灵光殿，汉景帝子鲁共王所建。在曲阜县（今属山东）南二里，亦属兖州。东汉王延寿《鲁灵光殿赋》：“遭汉中微，盗贼奔突，自西京未央、建章之殿，皆见隳坏，而灵光岿然独存。”鲁灵光殿至唐也仅存遗迹，诗言“鲁殿馀”，据旧赋所言。

6　古意：怀古之意。踌躇：驻足，徘徊。

【解读】

这首诗也是诗人漫游齐赵时期所作，诗体为五律，题材仍是登览怀古。起句用“趋庭”典故，以对次句“纵目”，交待时地，稍嫌呆板。三、四两句写寓目所见，围绕“海岱”、“青徐”的地理概念，而分别以“浮云”、“平野”相配，又恰好形成一天一地相对。五六两句以“秦碑”、“鲁殿”两处古迹为中心意象，于是为“嶂”、“城”配上含有感情色调的“孤”、“荒”二字，带出怀古之幽思。末二句将“古意”说破，但诗意本身并无发展，“临眺”又与前文“纵目”相犯。可见此诗的精彩部分在中间，在写景之中有感情的发展，由景入情，组词造句也显示出诗人良好的艺术感觉。

房兵曹胡马[1]

胡马大宛名，锋棱瘦骨成[2]。
竹批双耳峻[3]，风入四蹄轻。
所向无空阔[4]，真堪托死生。
骁腾有如此，万里可横行[5]。

【注释】

1　房兵曹：房姓，名不详。唐代诸卫、府、镇有兵曹参军。胡马：从西北地区输入的马。唐在陇右地区设监牧，饲养从突厥等地输入的马。

2　大宛：汉西域国名。《史记·大宛列传》：“大宛……多善马，马汗血，其先天马子也。”唐人曾认为西域康国马“是大宛马种”（《唐会要》卷七二）。此处泛称西域良马。瘦骨：西域所产马以高大修长著称。《唐会要》卷七二载唐太宗赞骨利干马之文：“其骨大丛粗，鬣高意阔……后桥之下，促骨起而成峰；侧鞯之间，长筋密而成瓣。”

3　竹批：形容马耳小而尖锐，两耳相距近，为良马之相。《齐民要术·养牛马驴骡》：“相马从头始……耳欲得小而促，状如斩竹筒。”杜甫《李鄠县丈人胡马行》亦云：“头上锐耳批秋竹，脚下高蹄削寒玉。”

4　无空阔：即无不空阔。无不、无非省减为“无”，犹“岂不”省减为“岂”。言马善于奔驰。

5 骁（xiāo）腾：勇猛矫健。颜延之《赭白马赋》：“料武艺，品骁腾。”横行：往来无阻。《史记·季布栾布列传》：“上将军樊哙曰：‘臣愿得十万众，横行匈奴中。’”

【解读】

马和鹰是杜甫诗中反复题咏、描写的对象。此诗从描写胡马瘦削、俊美的外形入手，显示了它善于奔跑、充满力量的内在素质，通过盛赞此马堪托死生、勇往无前，也表达了诗人对一种理想人格的向往。除这层明显的寓意之外，我们还可以注意到，诗人所崇尚的审美意象偏于瘦硬，而非肥厚。因此他笔下的马不是多肉圆脽，而是骨耸耳尖，线条不是妩媚飘逸、流动圆转，而是陡直挺拔、如快剑长戟。诗人在论书法时也主张“书贵瘦硬方通神”（《李潮八分小篆歌》）。外形的瘦，线条的刚直，质地的坚实，色调的冷暗，这些意象特点相互联系，共同具有一种“通神”的审美意味，恰恰是作者某种内在精神意志的外在体现。

画　鹰

素练风霜起[1]，苍鹰画作殊[2]。
㧐身思狡兔[3]，侧目似愁胡[4]。
絛鏇光堪摘[5]，轩楹势可呼[6]。
何当击凡鸟，毛血洒平芜[7]。

【注释】

1　素练：素色的绢，绘画所用。练指经过捣练的熟绢。风霜起：形容画上鹰十分逼真，使观者如临风霜。

2　画作殊：画出的鹰不同寻常。殊，殊异。

3　㧐（sǒng）身：同竦身，挺身。形容画中之鹰蓄势欲飞。

4　愁胡：形容鹰的眼神冷峻陌生。胡指胡人。孙楚《鹰赋》："深目蛾眉，状如愁胡。"又魏彦深《鹰赋》："立如植木，望似愁胡。"为杜诗所本。

5　絛（tāo）：同绦，丝带。鏇（xuàn）：转轴。绦鏇是用来系缚鹰的。光堪摘：形容光色逼真，似可触摸。

6　轩楹（yíng）：堂前的柱子，指画面上鹰处的背景。势可呼：谓鹰之势似可呼唤。

7　何当：何时能够。平芜：平野。

【解读】

唐代的题画诗多正面赞美画艺之精，几可乱真，仍是咏物诗的流衍。此诗写画鹰亦如写真鹰，但与画面的凝固瞬间相符合，诗人笔下的画鹰更注重姿态、神态的刻画。由“似愁胡”的眼神带来冷峻陌生、令人畏惧的感觉，进而使人肃然起敬。而鹰“㩳身”、“可呼”的姿态，则是紧张、充满怒气，蓄积着一种势，随时准备迸发。这种蓄势待发的姿态显然是一种象征：此时的诗人正充满青春的幻想，热血沸腾，大有作为的志向在胸中搏动。诗的结尾径把画鹰写作真鹰，只不过将这种象征之意点明罢了。

赠李白[1]

二年客东都，所历厌机巧[2]。
野人对腥膻，蔬食常不饱[3]。
岂无青精饭，使人颜色好[4]？
苦乏大药资，山林迹如扫[5]。
李侯金闺彦，脱身事幽讨[6]。
亦有梁宋游，方期拾瑶草[7]。

【注释】

1　李白（701—762）：字太白，唐代著名诗人。唐玄宗天宝元年（742）奉诏入京，供奉翰林。天宝三载（744），赐金还山，漫游梁宋。杜甫约于天宝三载初夏，在东都首次与李白会面，留下此诗。

2　东都：唐以洛阳（今属河南）为东都。杜甫于天宝元年来东都。机巧：指人心巧诈。

3　野人：杜甫自称。腥膻：腥指鱼类，膻指牛羊肉。蔬食：以菜蔬为食。《孟子·万章下》："虽蔬食菜羹，未尝不饱。"杜甫此时欣赏李白求仙访道，所以对腥膻之食表示厌倦，又用《孟子》语意而反之，称蔬食亦不足饱。

4　青精饭：陶隐居《登真隐诀》载太极真人青精干石䭀饭法，饭作青色，服之可健身，消灭三虫。

5　大药：道教称金丹为大药，服之以求长生。山林：道教以为炼药求仙须入名山。迹如扫：绝迹。这两句意谓自己因缺少炼药之资而未入山林。

6　李侯：李白。侯是对人的尊称。金闺彦：江淹《别赋》："金闺之诸彦。"金闺指金马门，汉官署门。彦，俊美之士。李白曾入翰林，故杜甫以此相称。脱身：指李白脱离宫廷。幽讨：指采药访道。

7　梁宋：梁指汴州（今河南开封），古称大梁；宋指宋州（今河南商丘）。瑶草：玉芝，亦为道教服食之物。东方朔《与友人书》："相期拾瑶草，吞日月之光华，共轻举耳。"

【解读】

李白与杜甫的相遇是唐代诗人交往中最为人乐道的佳话。杜甫初次与这位年长他十一岁的大诗人见面，便一见如故，倾倒之至。这时杜甫正为在东都所经历的世态炎凉而心存厌倦，李白的赫赫诗名以及待诏金马而又脱身离去的传奇经历，都对他产生了极大的吸引力。但李白影响的主要方面和此诗的主题，却落向宗教方面。李白本人这时正准备从道士受道箓，道教信仰正浓，杜甫于是也与他相约，同拾瑶草，共求仙举。尽管这也许只是诗人因生活挫折而表达的一时冲动，但从此前"清狂"、"放荡"的生活转向宗教超越幻想，也完全合乎诗人思想性格演变的逻辑。杜甫对李白的倾倒既说明李白人格的巨大魅力，也说明年轻时的杜甫与李白呼吸着同样的时代空气，具有近似的精神生活和人生追求。

赠李白

秋来相顾尚飘蓬[1]，未就丹砂愧葛洪[2]。
痛饮狂歌空度日，飞扬跋扈为谁雄[3]？

【注释】

1　飘蓬：以蓬草飘荡喻生活无定。曹植《杂诗》："转蓬离本根，飘飖随长风。"

2　丹砂：朱砂，炼丹的药物。葛洪：东晋人，著名道教思想家。《晋书·葛洪传》："闻交趾出丹砂，求为勾漏令。帝以洪资高，不许。洪曰：'非欲为荣，以有丹耳。'帝从之。……洪乃止罗浮山炼丹。"

3　飞扬跋扈：专横，不受拘束。《后汉书·梁冀传》载：梁冀骄横，汉质帝称其为"跋扈将军"。《北史·齐高祖纪》载：高欢称侯景"常有飞扬跋扈志"。为谁：为何，为什么。

【解读】

这首《赠李白》是天宝四载（745）秋杜甫与李白再次相遇时所作。由于四句诗均无主语，理解容有歧义。但从首句"相顾"之语来看，诗所言均关涉双方，不但有对朋友的劝慰，也有对自己生活的反省。"飘蓬"之喻言双方，同时也是杜诗中人生漂泊主题的开始，说明诗人的不安定感加强了，对生活也试图有所改变。次句当是以葛洪喻李白（杜甫此时不致以嘲笑口吻称李白“愧”对葛仙），言自己最终未像对方那样选择求道而有“愧”。“飞扬跋扈”显然偏指李白，但不含贬义。“空度日”应主要是检讨自己，但同样义兼双方。前人或谓此诗乃李白“一生小像”，“公赠白诗最多，此诗最简，而足以尽之”（杨伦《杜诗镜铨》引蒋弱六语）。但似乎更应看到，诗人在此诗中开始以冷静的态度思考人生，同时对重复前辈的人生道路表示怀疑。他早年的读书游历生活至此结束，但正像此诗的结尾是一个问句，这段生活的结束也不是一个句号，而是一个问号：我到底要走什么样的人生道路？什么样的前途在等待着我？

饮中八仙歌[1]

知章骑马似乘船，眼花落井水底眠[2]。
汝阳三斗始朝天，道逢麹车口流涎，
恨不移封向酒泉[3]。左相日兴费万钱，
饮如长鲸吸百川，衔杯乐圣称避贤[4]。
宗之潇洒美少年，举觞白眼望青天，
皎如玉树临风前[5]。苏晋长斋绣佛前，
醉中往往爱逃禅[6]。李白一斗诗百篇，
长安市上酒家眠，天子呼来不上船，
自称臣是酒中仙[7]。张旭三杯草圣传，
脱帽露顶王公前，挥毫落纸如云烟[8]。
焦遂五斗方卓然，高谈雄辩惊四筵[9]。

【注释】

1 八仙：即诗中所记的八个人物。道教有八仙之说。卢伦《和裴延龄尚书寄题果州谢舍人仙居》有“飘然去谒八仙翁”句。《太平广记》卷二一四引《野人闲话》记五代西蜀道士张素卿画八仙图，并记八仙之名为李己、容成、董仲舒、张道陵、严君平、李八百、长寿、葛永璝。其图虽出于五代，但传说形成更早。杜甫即采“八仙”之名，为八位饮者留像。诗中所记人物，贺知章、李白在杜甫至长安前已离开长安，苏晋卒于开元二十二年。此诗乃以长卷形式将他们收入一图，并非一时一地的纪实。

2　知章：贺知章，会稽永兴人，玄宗开元间为太子宾客、秘书监，天宝三载上疏请度为道士，归隐镜湖，病逝。为人旷达不羁，晚年尤放诞，自号四明狂客、秘书外监。

3　汝阳：汝阳王李琎，玄宗兄宁王李宪长子，与贺知章等为诗酒之交。朝天：朝见天子。麹（qū）：酒麹，用以发酵制酒。酒泉：酒泉郡，今甘肃酒泉。相传城下有泉水，味如酒，因此得名。移封向酒泉谓请求以酒泉为封地。极写李琎之嗜酒。

4　左相：指李适之。恒山王承乾之孙。天宝元年代牛仙客为左相，与李林甫争权，不叶。天宝五载罢知政事，命亲故欢会，赋诗曰："避贤初罢相，乐圣且衔杯。为问门前客，今朝几个来？"此径用其诗中语。贤、圣：均谓酒。《三国志·魏书·徐邈传》："时科禁酒，而邈私饮，至于沉醉，校事赵达问以曹事，邈曰：'中圣人。'达白太祖，太祖甚怒。度辽将军鲜于辅进曰：'平日醉客谓酒清者为圣人，浊者为贤人。邈性修慎，偶醉言耳。'竟幸坐得免刑。"

5　宗之：崔宗之，崔日用之子，袭封齐国公。与李白为好友。谪官金陵时，与李白诗酒唱和，尝月夜同乘舟自采石达金陵。觞（shāng）：饮酒器。白眼：《世说新语·简傲》刘孝标注引《晋百官名》载：阮籍能为青白眼，见凡俗之士，以白眼对之。玉树：喻人之风度超凡。《世说新语·容止》："魏明帝使后弟毛曾与夏侯玄共坐，时人谓蒹葭倚玉树。"

6　苏晋：苏珦之子，玄宗时官中书舍人，兼崇文馆学士。长斋：斋戒食素，道教、佛教均有持斋之戒，信徒或长期持斋，或在每月规定之日持斋。绣佛：佛像，以织绣为之。逃禅：禅指坐禅、禅定，佛教修行方式。逃禅谓逃避坐禅。

7　李白：见前《赠李白》注1。《旧唐书·李白传》载："既嗜酒，日与饮徒醉于酒肆。玄宗度曲，欲造乐府新词，亟召白，白已醉卧于酒肆矣。召入，以水洒面，即令秉笔，顷之成十馀章。"

8　张旭：吴郡人，善草书。李肇《唐国史补》卷上："旭饮酒辄草书，挥笔而大叫，以头揾水墨中而书之，天下呼为张颠。醒后自视，以为神异，不可复得。"李颀《赠张旭》："露顶据胡床，长叫三五声。兴来洒素壁，挥笔如流星。"

9　焦遂：生平不详。袁郊《甘泽谣》称其为"布衣焦遂"，与进士孟云卿等友善。《分门集注杜工部诗》引《唐史拾遗》："焦遂与李白等号为酒中八仙，口吃，对客不出一言，醉后酬答如注射，时目为酒吃。"当据杜诗敷演。

【解读】

这首诗是天宝五载（746）杜甫初到长安时所作。诗以饮酒、醉酒为主题，写了长安的八位社会名流，包括皇族、世家显宦、诗人和草圣，以及一位布衣之士。八人醉态有别，但无不出尘拔俗，醉得极醇极美。与八人的醉相联系的，是真情的洒露、智慧的喷涌、艺术创造力的迸发和伟岸人格的凸显。作为后辈的诗人，则满怀仰慕和赞美，用诗笔将他们描绘为一幅长卷，一座群塑，并冠以群“仙”的美名。这幅画卷既是当时长安社会文化精英的一个缩影，也是盛唐精神的一道流光溢彩，同时也代表着诗人憧憬和向往的生活和艺术世界。它不仅仅表明长安给诗人流下的第一印象十分美好，诗人以“醉”的主题来概括长安文化和精英们的生活，把醉当作一种艺术精神来赞美，也表明他的艺术感觉十分敏锐，一下儿就抓住了那个时代的魂魄。盛唐艺术在表面的明丽和谐之下，其实渗透着一种强烈的迷狂精神，如李白的诗，如张旭的草书，无不在“化入浑然忘我之境”中揭示着人生痛苦的隐蔽根基。当然，醉的人物也颇显滑稽，诗人在描写他们时也不免笔带滑稽。这种滑稽，按照尼采的说法，是救苦救难的艺术仙子用来制服厌世思想的表象之一，其作用在于使人摆脱对生存荒谬的恐惧。但在此后，杜诗却更多地采用了人生悲剧意识的另一表象——崇高。这首诗因此在全部杜诗中占有一个特殊位置，它代表着一种衔接和转换，既是杜甫本人青春期与成年的分界，也是一个时代的总结和转捩。

春日忆李白

白也诗无敌，飘然思不群[1]。
清新庾开府[2]，俊逸鲍参军[3]。
渭北春天树，江东日暮云[4]。
何时一樽酒，重与细论文[5]？

【注释】

1 白也：“也”为语助词，加于人名后，与下句“然”字为对。思：诗思。不群：高出众人。

2 庾开府：庾信。仕南朝梁，后入北周，官骠骑大将军，开府仪同三司。

3 鲍参军：鲍照。南朝刘宋时曾任临海王刘子瑱前军参军。

4 渭北：指渭河流域，即长安所在，杜甫当时所居。江东：长江下游江岸以东，即吴越地区。时李白在越州。

5 论文：论诗。六朝人所称文，包含诗在内。

【解读】

这首诗是天宝六载（747）春杜甫在长安所作。在杜诗有关李白的篇章中，此诗从诗的角度谈得最为充分。诗人以“无敌”、“不群”来赞颂李白的杰出，又以鲍照、庾信两位六朝最优秀诗人来比拟李白。“清新”、“俊逸”二词是评论的重心，赞美李白的诗兼有庾之清新和鲍之俊逸。这样以一两字断语来概括某位诗人的风格，六朝人已开其风气。它突出了诗人某方面的特点，有时十分准确传神，但未必全面，有时更流于宽泛。清新、俊逸未必能概括李白，甚至分开来也未必能充分说明庾信和鲍照。但二者固有的区别度和在此场合下的叠加，却足以表达杜甫心目中李白的不凡。换一个角度，我们也不妨由此来略窥杜甫本人理想中的诗歌境界。由于此诗是“忆李白”而非面呈之作，我们可以相信诗人的赞美是由衷的。诗的后四句着重写“忆”，读者可以从中感受到那种溶敬重、亲切于一的师友之情的深厚。

送孔巢父谢病游江东兼呈李白[1]

巢父掉头不肯住，东将入海随烟雾[2]。
诗卷长留天地间，钓竿欲拂珊瑚树[3]。
深山大泽龙蛇远[4]，春寒野阴风景暮。
蓬莱织女回云车，指点虚无是归路[5]。
自是君身有仙骨，世人那得知其故。
惜君只欲苦死留[6]，富贵何如草头露。
蔡侯静者意有馀，清夜置酒临前除[7]。
罢琴惆怅月照席，几岁寄我空中书？
南寻禹穴见李白，道甫问讯今何如[8]。

【注释】

1　孔巢父：字弱翁，冀州人，早年与李白等六人隐居山东徂徕山，号“竹溪六逸”。代宗广德中授右卫兵曹参军。天宝年间辞官归隐事，史书缺载。谢病：因病辞官。江东：见《春日忆李白》注4。

2　掉头：摇头。东入海：孔巢父将东游吴越，故以入海为喻。烟雾：指海上云烟、云雾。

3　珊瑚树：珊瑚虫所分泌的石灰质骨骼，形如树枝，生于热带深海中。古人误以为植物。此句写巢父将垂钓海上，由上文“入海”延伸而来。

4　龙蛇：《左传·襄公二十一年》：“深山大泽，实生龙蛇。”龙蛇喻非常之人。此句写巢父远遁归隐，迥异常人。

5　蓬莱：海上三神山之一，传说在东海中。织女：织女星，传说为天帝孙女。《博物志》载：天河与海通，年年八月有浮槎去来，有居海者乘槎而去，不觉昼夜，奄至一处，有城郭屋舍，遥望多织妇，见一丈夫牵牛饮渚次，与一石而归，乃织女支机石。云车：传说中仙人所乘。这两句写巢父游海上遇仙，为其指点归路。

6　苦死留：苦留、死留，一再挽留。苦、死均表示程度之甚。

7　蔡侯：名不详，侯是对人的尊称。静者：称蔡侯性情恬静。前除：堂前台阶。

8　禹穴：在越州（今浙江绍兴）宛委山。相传为大禹东巡所经，在此登山祭神，得神书。甫：杜甫自谓。

【解读】

这首诗与《春日忆李白》约作于同一时期。孔巢父是李白的好友，与杜甫在山东时也已相识。巢父要追寻李白寻道访仙，杜甫于是作诗相送。诗人借机放纵笔墨，比起赠李白的几首诗，这首诗更多地充满了浪漫幻想，将寻仙的历程描写得无比美好。茫茫大海对寻仙者来说永远充满了吸引力，据说李白就自称“海上钓鳌客”。杜甫亦循此思路，将不过是东游吴越的巢父说成是“东入海”，想来也要做钓鳌的仙人，此外还揉入一些其他神话传说因素。这表明，李、孔二人的道教信仰实践仍对杜甫有着强烈的吸引力。不过，由于是在此地（长安蔡侯之宴）送别，想象世界与现实在诗中还是有着明显的间隔。于是，与远遁寻仙者相对的还有不知其故、苦苦相留的“世人”。诗人在其中的位置更值得玩味：一方面他以远遁者的知己自居，甚或用远遁者的口吻嘲笑不明白“富贵何如草头露”的世人；但另一方面，他又明明是一个“罢琴惆怅”的留者，只是托遁者为挚友带去问讯，而且从“几岁寄我空中书”的预想来看，他确乎已打定主意留在这里了。杜甫对道教幻想、对精神前辈、对浪漫人生的向往与截断，在这个特定场合，通过这曲浪漫歌唱，也表露无遗。

奉赠韦左丞丈二十二韵[1]

纨袴不饿死，儒冠多误身[2]。
丈人试静听，贱子请具陈[3]。
甫昔少年日，早充观国宾[4]。
读书破万卷，下笔如有神[5]。
赋料扬雄敌，诗看子建亲[6]。
李邕求识面，王翰愿卜邻[7]。
自谓颇挺出，立登要路津[8]。
致君尧舜上，再使风俗淳[9]。
此意竟萧条，行歌非隐沦[10]。
骑驴三十载，旅食京华春[11]。
朝扣富儿门，暮随肥马尘。
残杯与冷炙，到处潜悲辛[12]。
主上顷见征，欻然欲求伸[13]。
青冥却垂翅，蹭蹬无纵鳞[14]。
甚愧丈人厚，甚知丈人真。
每于百僚上，猥诵佳句新[15]。
窃效贡公喜，难甘原宪贫[16]。
焉能心怏怏，只是走踆踆[17]。

今欲东入海，即将西去秦[18]。
尚怜终南山，回首清渭滨[19]。
常拟报一饭，况怀辞大臣[20]。
白鸥没浩荡，万里谁能驯[21]？

【注释】

1 韦左丞丈：韦济，官尚书左丞。杜甫尊其为丈人行。

2 纨袴：指富家子弟。纨是细绢，袴同裤。儒冠：指儒生。作者自谓。先秦时儒者服儒服，冠圜冠。

3 丈人：对韦济的尊称。贱子：杜甫自称。具陈：详细陈述。

4 观国宾：语本《周易·观卦》："观国之光，利用宾于王。"意即为王者之宾。后代指选举之士。杜甫开元二十三年（735）二十四岁时，曾在洛阳参加进士考试。诗言此。

5 破万卷：言读书之多。破为满、超出之义。

6 扬雄：西汉著名辞赋家。子建：曹植字子建，三国时著名诗人。料、看：互文同义，料想、估计。敌：匹敌。亲：接近。以上四句为自负之词。

7 李邕：唐玄宗时著名文学家、书法家，天宝初官北海太守。杜甫于天宝三载游齐州（今山东济南）时，因李邕族孙李之芳的关系曾在宴会上拜见李邕，有《陪李北海宴历下亭》诗。王翰：唐玄宗时著名诗人。卜邻：择邻。李、王二人为杜甫前辈。诗言“求识面”、“愿卜邻”，无实据，为诗人夸张之词。

8 挺出：杰出。要路津：津为渡口。《古诗十九首》：“何不策高足，先据要路津。”指重要职位。

9 致君：辅佐君主。尧舜：唐尧、虞舜，上古圣君。此句谓辅佐君主达至尧舜之治。风俗淳：风俗淳朴、淳厚。

10 萧条：冷落，指理想无从实现。行歌：行走而歌。《论语·微子》载：楚狂接舆歌而过孔子。此暗指自己奔走投诗之举。隐沦：隐逸之士。此句谓自己虽如隐者行歌，但并非隐士。

11 骑驴：官者乘马，骑驴为布衣之士。杜诗亦屡言其骑驴，当为纪实。三十载：杜甫此年三十七岁。或谓“骑驴三十载”不合情理，改为“十三载”。按，“三十岁”为古人言成年之常数。此句言其已成年而仍为布衣，不可拘泥字面。旅食：谓士人未得官禄。《仪礼·燕礼》：“尊士旅食于门。”郑玄注：“旅，众也。士众食，谓未得正禄，所谓庶人在官者也。”京华：京师，指长安。

12 残杯：残剩之酒。冷炙：放冷的食物。《颜氏家训·杂艺》：“见役勋贵，处之下坐，以取残杯冷炙之辱。”形容寄食于人。潜悲辛：暗自伤心。

13 主上：皇帝。欻（xū）然：忽然。这两句言天宝六载（747）杜甫应朝廷“通一艺以上”的招贤考试，主持者李林甫以“野无遗贤”为名，将应试者全部黜落。

14　青冥：青天。冥言其高远。垂翅：以鸟垂翅喻遭受挫折。蹭蹬（cèng dèng）：失势之貌。纵鳞：以鱼的纵游喻人得志。

15　猥：谦词。这两句对韦济曾向众人称诵杜甫诗句表示感谢。

16　贡公：贡禹。《汉书·王吉传》：“吉与贡禹为友，世称‘王阳在位，贡公弹冠’。”王吉字子阳，故称王阳。刘峻《广绝交论》：“王阳登而贡公喜。”杜甫以贡禹自比，希望韦济如王吉那样荐引自己。原宪：孔子弟子。《史记·仲尼弟子列传》载：孔子卒，原宪亡在草泽中。子贡相卫，结驷连骑，排藜藿，入穷阎，过谢原宪。宪摄敝衣冠见子贡，子贡耻之，曰：“夫子岂病乎？”原宪曰：“吾闻之，无财者谓之贫，学道而不能行者谓之病。若宪，贫也，非病也。”子贡惭，不怿而去，终身耻其言之过也。后以原宪作为贫士的代表。

17　怏怏：心怀不满。踆（cūn）踆：脚步沉重。

18　东入海：谓东游。西去秦：即离开秦地，指长安。二句所言为一事。

19　终南山：在长安南。清渭：渭水以清著称，在长安北。

20　报一饭：言知恩必报。《史记·范雎蔡泽列传》：“一饭之德必偿，睚眦之怨必报。”大臣：指韦济。这两句言自己知恩图报，不忍辞别。

21　没浩荡：消失于浩荡烟波。二句以鸥鸟自比，言将远走高飞，不受拘束。

【解读】

唐代士人为打开入仕之门，往往以诗干请，求人荐举。杜甫在天宝六载（747）特科考试中受愚弄、被黜落后，只能想尽办法，四处投诗求人，留下了一批投赠诗。投赠诗的目的是求得对方赏识，所以除了恭维话之外，主要是围绕自己落笔，相当于一篇自我介绍。这首《奉赠韦左丞丈二十二韵》是其中的代表作，诗人在介绍自己时大致讲了三方面内容：一是自己的才华和致君尧舜的宏伟抱负，二是贫病交加、欲投无门的现实处境，三是白鸥浩荡、弃此远遁的归隐幻想。这也是这一时期杜甫作品中有关自己的三个交替出现的主题。其中描写自己才华和抱负的部分，不乏一些人所熟知的名句，但难免透露出唐人好大言的习气。有些抒写抱负的句子被过于看重，如“致君尧舜上，再使风俗淳”，其实缺少实际内容，显得苍白乏力。相比之下，描写自己现实处境尽管着墨不多，但饱含辛酸，十分真切。最后白鸥浩荡的画面切换，属于人生设计的另一补充，但只是说说而已，诗人并没有打算真的付诸实施。这首被称赞为“布置最得正体，如官府甲第厅堂房室，各有定处”（范温《潜溪诗眼》）的作品，因为有一个设定的读者即投赠对象，写得中规中矩，千方百计要博得对方的好感。但其中一方面是作者的自我吹嘘炫耀，另一方面是他的自我哀怜叹息，可以让我们痛切感受到世态炎凉和作者的无奈。不过，恰恰是在投赠诗中杜甫开始认真描写自我，这首诗也是了解杜甫思想起点的重要材料，非常值得重视。

同诸公登慈恩寺塔[1]

高标跨苍穹，烈风无时休[2]。
自非旷士怀，登兹翻百忧[3]。
方知象教力，足可追冥搜[4]。
仰穿龙蛇窟，始出枝撑幽[5]。
七星在北户，河汉声西流[6]。
羲和鞭白日，少昊行清秋[7]。
秦山忽破碎，泾渭不可求[8]。
俯视但一气，焉能辨皇州[9]。
回首叫虞舜，苍梧云正愁[10]。
惜哉瑶池饮，日晏昆仑丘[11]。
黄鹄去不息，哀鸣何所投[12]？
君看随阳雁，各有稻粱谋[13]。

【注释】

1 原注："时高适、薛据先有作。"同：犹和。同作此诗的还有岑参、储光羲等，即题中所谓"诸公"。慈恩寺：在长安晋昌坊。高宗李治做太子时为其母文德皇后求福而建。西院寺塔六级，高三百尺，唐时新进士列书其名于慈恩寺塔，称题名会。此塔即今西安大雁塔。

2　高标：指塔，高出众物。苍穹：天空。苍为天色，穹为天形。烈风：强风。

3　旷士：旷达超然之士。翻：反而。王粲《登楼赋》："登兹楼以四望兮，聊暇日以销忧。"杜诗反其意，称登塔反而忧愁无已。

4　象教：佛教。以形象教人，所建塑像、殿宇、塔等均属于佛教之"象"。冥搜：探幽。这里指登高所见。孙绰《游天台山赋》："夫非远寄冥搜，笃信通神者，何肯遥想而存之。"

5　龙蛇窟：指塔的内部，攀登如穿龙蛇之穴。枝撑：建筑的斜木支柱。

6　七星：北斗七星。北户：北方。《尔雅·释地》："觚竹，北户，西王母，日下，谓之四荒。"河汉：天河。《初学记》卷一引《纂要》："天河谓之天汉。亦曰云汉、星汉、河汉、清汉……"

7　羲和：传说中为日的御者。《楚辞·离骚》："吾令羲和弭节兮，望崦嵫而勿迫。"王逸注："羲和，日御也。"少昊（hào）：白帝，传说为司秋之神。《礼记·月令》："孟秋之月……其帝少昊。"

8　秦山：指终南山。忽破碎：言群峰错落，骤看有破碎之感。泾渭：泾水和渭水，泾水由西北而来，渭水由西而来，至今陕西临潼以北汇合。不可求：不可见。

9　一气：言所见混沌一片。皇州：京城及附近地区，指长安。鲍照《结客少年场行》："升高临四关，表里望皇州。"

10　虞舜：即舜，古帝王。传说舜死于苍梧。《史记·五帝本纪》："（舜）践帝位二十九年，南巡狩，崩于苍梧之野，葬于江南九疑，是为零陵。"清仇兆鳌认为此句以虞舜喻唐太宗，以苍梧喻太宗所葬昭陵。

11　瑶池：《列子·周穆王》载：周穆王升昆仑之丘，遂宾于西王母，觞于瑶池之上。日晏：日晚。

12　黄鹄（hú）：黄鹤。《商君书·画策》："黄鹄之飞，一举千里。"乐府《黄鹄曲》："黄鹄参天飞，半道忽哀鸣。"这两句以黄鹄喻高洁之士，欲远走高飞而迟疑。

13　随阳雁：大雁，性随阳而居。《尚书·禹贡》"阳鸟攸居"孔氏传："随阳之鸟，鸿雁之属。"稻粱谋：喻各谋生计。刘峻《广绝交论》："分雁鹜之稻粱，沾玉斝之馀沥。"《文选》李善注："《韩诗外传》：田饶谓鲁哀公曰：黄鹄止君园池，啄君稻粱。"

【解读】

这首诗作于天宝十一载（752）秋。此时杜甫在长安求官仍无着落，生计日见困窘，对社会现实增添了许多复杂的感受。慈恩寺塔是长安著名胜迹，也是文人雅士的登览之地。杜甫与诸公一同登塔赋诗，他人的处境各不相同，写诗无非抒写怀抱，唯有杜诗的主题落在"忧"上。此诗仍按登览的一般层次叙写，由塔之雄伟、登高所见入笔。但在描绘星汉、时节和山河形貌时，却使用了一连串含有象征意味的意象。北斗、河汉低垂压抑，时光迫促萧疏，山河浑茫破碎。接下来的描写更出人意料，虽然还是写登高所见，但却变换为一个远非目力所及、仅存于思想中的极大空间。由“叫虞舜”而及南中国的苍梧，使人不能不猜测这是一个隐喻代指，所指乃是在时空中实际可及、诗人真正系念的太宗昭陵。接着出现的瑶池、昆仑，是一个更荒忽辽远的神话意象，但却有更确定的所指，涉及更切近的现实。瑶池为神话中西王母所居，而杜甫在稍后所作《自京赴奉先县咏怀五百字》中有“瑶池气郁律”之句；在《奉同郭给事汤东灵湫作》中不但有“倒悬瑶池影”句，还有“至尊顾之笑，王母不遣收”的情节。“瑶池”在当时几乎被人们一致当作唐玄宗避寒的骊山华清池的代称，而与瑶池相关的“王母”则在联想中或隐或显地指向了得到玄宗宠幸的杨贵妃。杜甫在此诗中只是通过用典点到为止，无论是谁在当时也不可能就此肆意妄言，但其中的弦外之音还是令人反复琢磨。在这首原本可能十分平常的登览唱和之作中，诗人明显是在写现实，写他在现实中感受到的迷惑和不满，在写的过程中甚至不由自主、隐隐涉及最敏感的政治问题。但诗人在此诗中只采用了象征写法，而且这种写法不像是一开始就构思好的，而是写到半截忽然浮现的。这说明他并非有意隐晦其词，追求所谓“微言大义”（诗人在同一时期已开始用写实手法写重大政治问题），而是由于他此时的这些感受还相对杂乱模糊，在此诗中的触发也带有一些偶然性，对如何处理类似题材诗人还缺乏经验和自信，尤其需要寻求合适的手法和尺度。

兵车行[1]

车辚辚，马萧萧，行人弓箭各在腰[2]。耶娘妻子走相送，尘埃不见咸阳桥[3]。牵衣顿足拦道哭，哭声直上干云霄[4]。道傍过者问行人，行人但云点行频[5]。或从十五北防河，便至四十西营田[6]。去时里正与裹头，归来头白还戍边[7]。边庭流血成海水，武皇开边意未已[8]。君不闻汉家山东二百州，千村万落生荆杞[9]。纵有健妇把锄犁，禾生陇亩无东西。况复秦兵耐苦战，被驱不异犬与鸡[10]。长者虽有问，役夫敢申恨[11]？且如今年冬，未休关西卒[12]。县官急索租，租税从何出[13]？信知生男恶，反是生女好。生女犹得嫁比邻，生男埋没随百草[14]。君不见青海头，古来白骨无人收[15]。新鬼烦冤旧鬼哭，天阴雨湿声啾啾[16]！

【注释】

1　兵车行：行是乐府诗体名称，原为乐曲形式。此诗是作者依据时事自拟诗题的“新题乐府”，因内容为出征作战，故命名为“兵车行”。天宝八载（749），哥舒翰攻克吐蕃石堡城，唐兵死者数万人。天宝九载（750）十二月，王难得击吐蕃，拔树敦城。天宝十载（751）四月，鲜于仲通讨南诏，至西洱河大败，死者六万人。制募两京及河南、河北兵，杨国忠遣御史分道捕人，枷送军，行者愁怨。天宝十一载（752），遣云南守李宓渡海自交趾击南诏。此后，天宝十三载（754）李宓再次带兵七万击南诏，全军覆没。天宝末年屡兴边役，人民死伤惨重，怨声载道。诗为此而作。

2 辚（lín）辚：车行声。《诗经·秦风·车邻》：“有车邻邻，有马白颠。”邻同辚。萧萧：马鸣声。《诗经·小雅·车攻》：“萧萧马鸣，悠悠旆旌。”行人：出征之人。

3 耶娘：即爷娘，父母。咸阳桥：京兆府所属咸阳县（今属陕西）便桥，又称西渭桥，在渭水上。为自长安出军西征所必经。

4 干（gān）云霄：触及云霄。干与幹（幹事）、乾（乾湿）不是同一个字。

5 点行：征发行役之人。点是按名簿征点。频：频繁。此以下均为行人回答过者之词。

6 十五、四十：均指年龄。北防河：指在河西地区（今甘肃、宁夏一带）防止吐蕃进扰。西营田：唐在西部安西、北庭都护府（今新疆境内）至陇右、河西等地均驻军屯守。营田即屯田，战时作战，平日屯守种植。

7 里正：唐制百户为里，设里正一人。裹头：古时男子以皂罗三尺裹头。

8 边庭：边疆。武皇：汉武帝。唐人多借汉事言本朝，以武皇代指唐玄宗。开边：开拓疆土。

9 山东二百州：山东指函谷关以东。据《十道四蕃志》，唐关东共二百十七州。荆杞（qǐ）：犹言荆棘，丛生灌木。

10 秦兵：关中地区古为秦地，秦兵以善战著称。

11 长者：行人对过者的尊称。役夫：服役之人。行人自称。敢：岂敢。

12 关西卒：关内之兵，即被征调的秦兵。行役及期应轮休，而这些秦兵未得休息。

13 县官：指朝廷、官府。

14 比邻：邻居。比为屋舍相挨之义。《水经注·河水》引杨泉《物理论》记民歌：“生男慎勿举，生女哺用铺。不见长城下，尸骸相支拄。”杜诗所言亦袭民歌之意。

15 青海头：青海边。即今青海湖一带。为唐与吐蕃多次作战相争的地区。

16 天阴雨湿：据说阴雨天闻鬼哭。李华《吊古战场文》：“往往鬼哭，天阴则闻。”啾（jiū）啾：凄厉的叫声。《楚辞·九歌·山鬼》：“猿啾啾兮狖夜鸣。”

【解读】

杜甫在将目光投注于社会现实时，首先接触到的便是给唐王朝造成极大困扰、普通民众感受最为痛切的对外战争问题。关于《兵车行》的具体写作背景，前人有战吐蕃与征南诏两种不同意见。就诗中提及的“防河”、“营田”战事及“青海头”等地理概念来看，均明显指与吐蕃战事。但天宝末年引发更大社会骚动的却是后者，而且诗中所描写的“牵衣顿足拦道哭”的送行场面，又与南诏之战时“分道捕人，连枷送诣军所”的史料记载十分吻合。考虑到杜甫在长安亲眼目睹的更可能是后一场面，而作者在同一时期有多首诗寄赠任职河西的好友“高三十五书记”（高适），后来甚至还投诗“哥舒开府翰”，有从军河西的打算，给作者造成极大震撼、引发此诗创作冲动的还应是南诏之战。至于诗中为何多用河西战事典故，这可能与边塞诗的创作传统有关。盛唐边塞诗的主要场景，集中于大漠、黄河等西北边地。南方战事，包括其地理环境，尚不为诗人所熟悉。《兵车行》继承了边塞诗的题材和传统，但却对主题和具体情节做出重大改变。开篇的凄惨送别场面是以往的边塞诗所没有的，以下的主要篇幅则由“行人”直接对连年不休的扩边战争提出控诉。全诗清楚地揭露了战争给国内人民造成的极大痛苦，强烈谴责了统治者穷兵黩武的政策。

与内容的变化相应，《兵车行》也是杜甫最早写作的“即事名篇，无复依傍”的新题乐府。沿袭乐府旧题的写法，已不能适应写作时事的需要。此诗同时继承了乐府诗的叙事传统，诗中设计了“过者”与“行人”的对话，其中又以行人自述为主，这样可以将边庭、内地广大地区，去时、归来很长时间内发生的事件概括进来。诗人又借“过者”直接现身于诗中，借此直接表达自己的态度。但这种叙事手法也比较粗糙，只能粗线条地交待各种事件。与《饮中八仙歌》等作品偏重写人相对，此诗偏重写事，人物描写则相对简单，说明作者在叙事手法上还有所缺陷。

曲江三章章五句[1]

曲江萧条秋气高，菱荷枯折随风涛，
游子空嗟垂二毛[2]。白石素沙亦相荡，
哀鸿独叫求其曹[3]。

【注释】

1 曲江：曲江池，在长安城东南，其水曲折，故名曲江。为长安游览胜地，附近为芙蓉苑，又有杏园、慈恩寺等名胜。此组诗为杜甫创体，每章前三句连韵作一顿。

2 游子：在外漂泊者，杜甫自称。二毛：头发黑白相间。

3 素沙：即白沙。相荡：相激。哀鸿：鸿雁叫声凄厉，故称哀鸿。曹：伴侣。

即事非今亦非古，长歌激越捎林莽，
比屋豪华固难数[1]。吾人甘作心似灰，
弟侄何伤泪如雨[2]。

【注释】

1 即事：据眼前情事吟咏。非今亦非古：指诗体非今体亦非古体。捎：摇动。林莽：木曰林，草曰莽。比屋：家家。

2　吾人：自己。杜甫自言。甘：甘心。心似灰：《庄子·齐物论》："形固可使如槁木，而心固可使如死灰乎？"

自断此生休问天，杜曲幸有桑麻田，
故将移住南山边[1]。短衣匹马随李广，
看射猛虎终残年[2]。

【注释】

1　休问天：《论语·颜渊》："死生有命，富贵在天。"此变化其意，言天命如何已不必问。杜曲：在长安城南，为杜氏世居之地。南山：终南山。杜曲在终南山下。

2　短衣：骑射之服。李广：汉名将，以善射著称。《史记·李将军列传》："广家与故颍阴侯孙屏野居蓝田南山中射猎"；"广出猎，见草中石，以为虎而射之，中石没镞，视之石也。因复更射之，终不能复入石矣。广所居郡闻有虎，尝自射之。"

【解读】

这组诗约作于天宝十一载（752）秋。此前一年，杜甫投匦献《三大礼赋》，"帝奇之，使待制集贤院，命宰相试文章"（《新唐书·杜甫传》）。召试后，又获得"送隶有司，参列选序"（杜甫《进封西岳赋表》）的待遇，但此后便无下文。在一再失望之馀，杜甫不再只以“白鸥没浩荡”之类归隐幻想安慰自己，而是激起了一股愈趋强烈的对现实的怀疑否定情绪。唐歌辞中有七言三句一章的形式，但在三句一顿后又接以二句，则为杜甫创体。诗人有意用这种“非今亦非古”的诗体，来抒写这种无论今古也很少有人言说的复杂情绪。诗三章，首章咏景起兴，“哀鸿求侣”显然有象征意义；次章咏事，这里已不是“朝扣”、“暮随”的乞怜，而是一种绝望、心死，与“比屋豪华”之间无法弥平的对立；末章咏志，“休问天”是不相信老天还会垂怜自己，接下来的思路又只能是归种桑麻田，不过诗人仍把自己想象得十分勇猛，能如李广那般“射猛虎”，以此来替代政治抱负的实现。尽管诗人的思路绕来绕去似乎仍只有这一条出路，但这首诗的怪模怪样、怨气冲天，充分表明诗人此时的愤激情绪已无法按捺。

醉时歌

诸公衮衮登台省，广文先生官独冷[1]。
甲第纷纷厌粱肉[2]，广文先生饭不足。
先生有道出羲皇，先生有才过屈宋[3]。
德尊一代常坎轲[4]，名垂万古知何用。
杜陵野客人更嗤，被褐短窄鬓如丝[5]。
日籴太仓五升米，时赴郑老同襟期[6]。
得钱即相觅，沽酒不复疑。
忘形到尔汝，痛饮真吾师[7]。
清夜沉沉动春酌，灯前细雨檐花落[8]。
但觉高歌有鬼神，焉知饿死填沟壑[9]？
相如逸才亲涤器，子云识字终投阁[10]。
先生早赋归去来，石田茅屋荒苍苔[11]。
儒术于我何有哉，孔丘盗跖俱尘埃[12]。
不须闻此意惨怆，生前相遇且衔杯[13]。

【注释】

1 衮（gǔn）衮：相继不绝。台省：唐中央政府设三省，即尚书省、门下省、中书省，为执政机构。又设御史台，掌监察。广文先生：指郑虔，官广文馆博士。《新唐书·郑虔传》："玄宗爱其才，欲置左右，以不事事，更为置广文馆，以虔为博士。虔闻命，不知广文曹司何在，诉宰相，宰相曰：'上增国学，置广文馆，以居贤者，令后世言广文博士自君始，不亦美乎？'虔乃就职。"

2　甲第：指贵族宅第。张衡《西京赋》："北阙甲第，当道直启。"《文选》李善注："第，馆也。甲，言第一也。"厌：餍足。粱肉：指精美的食物。

3　羲皇：伏羲氏，传说中的上古帝王，《尚书大传》以燧人、伏羲、神农为三皇。出羲皇谓其道德超越上古。屈宋：屈原、宋玉，战国时期楚国著名文学家。

4　坎轲：同坎坷，人生遭遇挫折。

5　杜陵野客：杜甫自谓。杜甫远祖杜预居京兆（长安）杜陵，故杜陵为杜甫祖籍。又杜甫在长安时居杜曲，亦在杜陵附近。嗤：嗤笑。被褐：被同披，褐为粗麻短衣。《淮南子·齐俗训》："贫人则夏被褐带索。"鬓如丝：形容鬓发花白。

6　籴（dí）：买进粮食。太仓：唐政府在长安所设官仓。《旧唐书·玄宗纪》载：天宝十二载八月，因京城霖雨米贵，令出太仓米十万石减价粜与贫人，每人每日五升。杜诗所言为纪实。同襟期：性情怀抱相同。

7　忘形：不拘形迹。尔汝：形容相交亲近，以尔、汝相称。《世说新语·言语》刘孝标注引《文士传》："祢衡有逸才，与孔融为尔汝交。"

8　沉沉：夜深貌。檐花落：谓屋檐水落，在灯影下闪烁如花。

9　有鬼神：古人以为音乐歌唱可惊天地、动鬼神。

10　相如：司马相如。《史记·司马相如列传》载：卓文君夜亡奔司马相如，相如与文君俱之临邛，买一酒舍沽酒，而令文君当垆，相如着犊鼻裈，与佣保杂作，涤器于市中。子云：扬雄字子云。《汉书·扬雄传》载：王莽篡位，诛杀甄丰父子，流放刘歆之子棻。因刘棻尝从扬雄学作奇字（古文字），时扬雄校书天禄阁上，治狱吏来，欲收捕雄，雄恐不能自免，乃从阁上自投下，几死。

11　归去来：陶渊明《归去来兮辞》。《宋书·陶潜传》载：陶潜（渊明）为彭泽令，郡遣督邮至，县吏白应束带见之，潜叹曰："我不能为五斗米折腰向乡里小人。"即日解印绶去职，赋《归去来》。石田：田多石则无法耕种。言家贫无产。《史记·楚世家》："譬犹石田，无所用之。"

12　儒术：儒学，儒家道术。孔丘：孔子名丘。盗跖（zhí）：传说为春秋时期鲁国大盗。俱尘埃：言俱不免一死。

13　惨怆：悲伤。衔杯：饮酒。

【解读】

这首诗约作于天宝十三载（754）。"醉时歌"就是喝醉后的话，似乎不能完全当真。其实恰恰相反，诗人就是想以醉为遮掩，将胸中之愤一吐为快。与此前所作《曲江三章》相比，此诗的否定情绪更为激烈。与《奉赠韦左丞丈二十二韵》“儒冠多误身”的主题相比，此诗将这种社会荒谬感发展到又一极致。诗中所描写的是穷者与达者、贤者与佞者的对立，而且是佞者达而贤者穷的荒谬结合，穷者不仅是不遇，而且已经处于“饿死”的边缘。这是作者在这一时期社会地位下降的真实反映。正是在这种处境下，作者不仅对衮衮诸公嗤之以鼻，而且对“儒术”、“孔丘”的意义一概表示怀疑。对于一向自诩“奉儒守官”、“致君尧舜”的诗人来说，这种论调岂不是太过骇人听闻？所以旧注家总要设法为诗人开解，称其乃“无可奈何之词”、“非真欲孔跖齐观”（王嗣奭《杜臆》）。不错，诗人并没有真的从此弃儒道于不顾。但这不能否认他一度产生的这种愤激情绪是出于一种完全真实的生活感受。正是在这首诗里，作者抛弃了以前还曾有的种种幻想，剥去了这个社会里用以说明现存秩序合理、并为失意者寻找退路和安慰的种种谎言。同时，从诗中所描写的有位者与无位者、穷与达的对立再进一步，诗人就有可能触及另一种更深刻、更真实的社会对立：人民与统治者的对立。诗人也有可能从描写现实中的自己更多地转向描写现实中的社会。这正是这首诗在杜甫思想和创作发展中的特殊意义所在。

丽人行

三月三日天气新，长安水边多丽人[1]。
态浓意远淑且真，肌理细腻骨肉匀[2]。
绣罗衣裳照暮春，蹙金孔雀银麒麟[3]。
头上何所有？翠为㔩叶垂鬓唇[4]。
背后何所见？珠压腰衱稳称身[5]。
就中云幕椒房亲，赐名大国虢与秦[6]。
紫驼之峰出翠釜，水精之盘行素鳞[7]。
犀筯厌饫久未下，鸾刀缕切空纷纶[8]。
黄门飞鞚不动尘，御厨络绎送八珍[9]。
箫鼓哀吟感鬼神，宾从杂遝实要津[10]。
后来鞍马何逡巡，当轩下马入锦茵[11]。
杨花雪落覆白蘋，青鸟飞去衔红巾[12]。
炙手可热势绝伦，慎莫进前丞相嗔[13]。

【注释】

1　三月三日：古于三月的第一个巳日（上巳）于水边洗濯，袚除不祥，称修禊。后固定为三日。《后汉书·礼仪志上》：“（三月）是月上巳，官民皆洁于东流水上，曰洗濯袚除。”《宋书·礼志》：“自魏以后但用三日，不以巳也。”长安水边：指曲江。唐代上巳节于曲江赐宴臣僚，都人游玩极盛。丽人：美丽女子。

2　态浓意远：此兼写女子形、神，浓艳闲雅。淑且真：端庄秀丽。肌理细腻：皮肤细腻。骨肉匀：体态匀称。

3　绣罗衣裳：绣花丝织衣服。蹙：用金银丝线刺绣。孔雀、麒麟：指罗衣上的图案。

4　㔩（è）叶：㔩彩，妇女发髻上的装饰，形如花叶。鬓唇：鬓边。

5　腰衱（jié）：裙带。稳称身：言珠缀裙带，衬托体态之丰韵。

6　云幕：指后宫。《西京杂记》卷一：“（汉）成帝设云帐、云幄、云幕于甘泉紫殿，世谓三云殿。”椒房：皇后所居，以椒和泥涂壁，取温、香、多子之义。《汉书·车千秋传》：“江充先治甘泉宫人，转至未央椒房。”注：“椒房，皇后所居也。”虢与秦：杨贵妃有姊三人，长曰大姨，封韩国夫人，次三姨封虢国夫人，次八姨封秦国夫人。此举二以概三。此下专写杨氏。

7　紫驼之峰：唐代贵族以驼峰为珍味，制为驼峰炙。水精：即水晶。素鳞：银色的鱼。

8　犀筯（zhù）：犀牛角所做的筷子。厌饫（yù）：厌饱。饫，饱食。鸾刀：刀以鸾铃为饰。缕切：切成细丝。纷纶：纷乱。

9　黄门：宫内太监。鞚（kòng）：马络头。飞鞚即驰马飞奔。御厨：宫内御用的厨房。八珍：泛指珍奇异味。八珍的具体所指，说法不一。

10　箫鼓：概指各种乐器。感鬼神：形容音乐动人。宾从（zòng）：宾客随从。杂遝（tà）：纷乱。要津：指重要职位。见《奉赠韦左丞丈二十二韵》注8。

11　逡巡：欲进不进的样子。锦茵：织锦地毯。

12　杨花：《广雅》："杨花入水化为萍。"大萍名蘋。旧注又谓此句暗用《梁书·杨华传》北魏胡太后逼杨华（本名杨白花）私通，华惧祸降梁，胡太后追思之，为作《杨白华歌》，有"杨花飘荡落南家"句。《旧唐书·杨国忠传》载："国忠私于虢国，而不避雄狐之刺，每入朝，或联镳方驾，不施帷幔。"诗以杨花谐杨姓，暗指杨氏兄妹的暧昧关系。青鸟：《汉武故事》载：西王母遣青鸟传信于汉武帝。

13　炙手可热：形容气焰之盛。丞相：最后点出丞相杨国忠。杨国忠本名钊，杨贵妃从兄，天宝十一载十一月任右丞相。嗔（chēn）：发怒，责怪。

【解读】

这首诗应作于天宝十三载（754）春天。旧系于天宝十二载，其时杨国忠代李林甫执政不久，杜甫曾向受杨氏重用的鲜于仲通投诗，希求汲引，对杨氏的恶感还不致如此之甚。这首诗是杜甫继《兵车行》之后创作的又一首新题乐府，同时也在《兵车行》所继承的边塞题材之外，开辟了一个全新的社会题材：长安社会政治题材。诗中采用铺陈手法，极为细腻地描写长安上巳修禊风俗，在这幅风俗画背景上用重彩勾画了此时风头正盛、不可一世的杨氏兄妹出游场面，并隐曲地记录了长安里巷间哄传的有关他们的秽闻。此诗的叙事手法相当纯熟，在丽人形象的刻画上显然借鉴了乐府民歌（如《羽林郎》）中女性描写的传统，车骑、饮宴的铺写也颇得乐府诗的神韵。但在诗人笔下，作为长安富贵荣华象征的上巳修禊这一场面，本身便包含着污秽丑陋，乃至涉及政治上的深刻危机。这种观察视野和主题高度，则是民歌所不可能达到的，是如杜甫这样的文人在特殊处境中、冷眼旁观下（观察视角差不多和普通长安市民一致）、经过很多深刻思考后的一大创造。至于诗人本人的态度，也许他本来是想认真写长安上巳风俗，写丽人雍容闲雅，因为这幅美景代表了如作者这样许多士子曾经憧憬的“长安梦”。现在这种梦变得遥不可及，作者几乎是从另一世界来旁观，心情可想而知。但作者捕捉到的这一场景，便同时呈现着神圣的富贵秩序和对神圣的嘲弄、否定。他将难得一遇的这种历史真实记录在案，已无须多说什么，几乎可以不动声色。明人钟惺赞其：“本是讽刺，而诗中直叙富丽，若深羡不容口者，妙！妙！”（《唐诗归》）这种讽刺力量其实正来源于深刻的历史真实，并非主观造作的结果。

官定后戏赠[1]

不作河西尉，凄凉为折腰[2]。
老夫怕趋走，率府且逍遥[3]。
耽酒须微禄，狂歌托圣朝。
故山归兴尽，回首向风飚[4]。

【注释】

1 原注："时免河西尉，为右卫率府兵曹。"杜甫在天宝十四载授官河西尉，未赴，又改任右卫率府兵曹。此诗为官职决定后所作。题称"戏赠"，其实是自赠。语含自嘲，故称"戏"。

2 河西：杜甫授官之河西，当为同州河西县（今陕西合阳东），乾元三年（760）后改称夏阳。郭沫若《李白与杜甫》说在云南蒙自或四川宜宾，不确。尉：县尉。折腰：用陶渊明"不能为五斗米折腰向乡里小人"典故，参见《醉时歌》注 11。

3 老夫：杜甫自称。趋走：趋迎奔走。率府：太子东宫设左右率府，负责东宫的兵仗羽卫。左右率府各设兵曹参军一人。东宫属官为闲职，故诗称"逍遥"。

4 故山：家乡。归兴：归隐之心。风飚（biāo）：飚为疾风。此即指风。

【解读】

在“送隶有司，参列选序”后又苦等了四年，杜甫终于得授官职。又经过一番周折，他辞免河西县尉，而改就率府兵曹。在经过长久等待的煎熬和谈论了很多沉重话题之后，诗人此时似乎终于可以稍稍喘口气，所以他用了各种理由来自我宽慰。避剧就闲、留京辞外的选择可能有很多实际的考虑和不得已之处，但诗人在此诗中却摆出了一副“逍遥”的清高姿态。按理说更彻底的清高应该是归隐，但诗人接下来却一转，用轻轻带过的“须微禄”一句道出了使其无法选择归隐的非常现实的经济原因。一个似乎“微”不足道的“禄”，再加上更不足期待的“圣朝”之宽恕，就给足了使苟且可以延续的理由，使诗人在目前这种既无由兼济又不得高蹈的处境下活下去。至此，诗人仍不能摆脱仕隐二元选择的思维模式，但已经在不知不觉中改用“戏”即自嘲的口吻来诉说这种无奈和苟且。

去矣行

君不见鞲上鹰，一饱即飞掣[1]。
焉能作堂上燕，衔泥附炎热[2]？
野人旷荡无靦颜，岂可久在王侯间[3]？
未试囊中餐玉法，明朝且入蓝田山[4]。

【注释】

1　鞲（gōu）：臂鞲，缚于臂上，打猎者用以架鹰。鞲上鹰指被豢养的鹰。鲍照《代东武吟》："昔如鞲上鹰，今似槛中猿。"飞掣（chè）：飞击。掣形容鹰飞之迅捷。豢鹰者不可使饱，亦不可使饥，以便控驭。这两句以鞲上鹰喻被豢养者失去自由，不得饱食。

2　堂上燕：燕喜于堂室檐间筑巢。衔泥：燕衔泥做窝。附炎热：趋炎附势。这两句以堂上燕喻寄人篱下、趋炎附势者。

3　野人：杜甫自谓。旷荡：放荡，不受束缚。靦（tiǎn）颜：惭愧之貌。无靦颜即不知羞愧。这两句谓自己放荡不自知惭愧，不可周旋于王侯之间。

4　餐玉法：道教以为吞食玉屑可以延年。蓝田山：在京兆府所属蓝田县（今陕西蓝田）东，产美玉。《魏书·李预传》："居长安，每羡古人餐玉之法，乃采访蓝田，躬往攻掘……乃椎七十枚为屑，日服食之。"

【解读】

旧说此诗为杜甫在率府任上欲辞职而作。据考证，杜甫天宝十四载（755）十月就职率府，在任上最多不过月馀。所以此诗与前首《官定后戏赠》应该是前后所作，从这一时期的其他作品来看，辞职之说亦毫无根据。与《官定后戏赠》中不得已接受现实的自嘲不同，此诗只是站在相反的不接受立场上，对仕的苟且表示彻底失望和批判，完全以另一种自我形象出现。诗以起兴开篇，“鞲上鹰”表现仕者的被制驭，“堂上燕”表现仕者的趋附取怜，无论主动被动都无法逃脱屈辱处境，作者均予以拒绝。在进入官场前，杜甫在很多诗里曾以“野人”、“野客”自居，说明自己被官场排斥。现在，诗人则继续坚持这种身份，并且强调这种身份已使他形成“旷荡无靦颜”的性格，是他对官场凿枘难容，要主动抛弃，而不管官场是否接受他。诗的最后表达诀别的意愿最坚决，但所说的“餐玉法”却最不现实（“且入”而未入也留下把话找回来的馀地），除了说明道教信仰对诗人仍有一定影响外，反过来证明前面的话也不过是愤激之词而已。

自京赴奉先县咏怀五百字[1]

杜陵有布衣，老大意转拙[2]。
许身一何愚，窃比稷与契[3]。
居然成濩落，白首甘契阔[4]。
盖棺事则已，此志常觊豁[5]。
穷年忧黎元，叹息肠内热[6]。
取笑同学翁，浩歌弥激烈[7]。
非无江海志，潇洒送日月[8]。
生逢尧舜君，不忍便永诀[9]。
当今廊庙具，构厦岂云缺[10]？
葵藿倾太阳，物性固难夺[11]。
顾惟蝼蚁辈，但自求其穴[12]。
胡为慕大鲸，辄拟偃溟渤[13]？
以兹悟生理，独耻事干谒[14]。
兀兀遂至今，忍为尘埃没[15]。
终愧巢与由，未能易其节[16]。
沉饮聊自适，放歌颇愁绝[17]。
岁暮百草零，疾风高冈裂[18]。
天衢阴峥嵘，客子中夜发[19]。

霜严衣带断，指直不能结[20]。
凌晨过骊山，御榻在嵽嵲[21]。
蚩尤塞寒空，蹴踏崖谷滑[22]。
瑶池气郁律，羽林相摩戛[23]。
君臣留欢娱，乐动殷胶葛[24]。
赐浴皆长缨，与宴非短褐[25]。
彤庭所分帛，本自寒女出[26]。
鞭挞其夫家，聚敛贡城阙[27]。
圣人筐篚恩，实欲邦国活[28]。
臣如忽至理，君岂弃此物[29]？
多士盈朝廷，仁者宜战慄[30]。
况闻内金盘，尽在卫霍室[31]。
中堂有神仙，烟雾蒙玉质[32]。
暖客貂鼠裘，悲管逐清瑟[33]。
劝客驼蹄羹，霜橙压香橘[34]。
朱门酒肉臭，路有冻死骨[35]。
荣枯咫尺异[36]，惆怅难再述。
北辕就泾渭，官渡又改辙[37]。
群水从西下，极目高崒兀[38]。
疑是崆峒来，恐触天柱折[39]。

河梁幸未拆，枝撑声窸窣[40]。
行旅相攀援，川广不可越。
老妻寄异县，十口隔风雪[41]。
谁能久不顾，庶往共饥渴。
入门闻号咷[42]，幼子饥已卒。
吾宁舍一哀，里巷亦呜咽[43]。
所愧为人父，无食致夭折。
岂知秋禾登，贫窭有仓卒[44]。
生常免租税，名不隶征伐[45]。
抚迹犹酸辛，平人固骚屑[46]。
默思失业徒，因念远戍卒。
忧端齐终南，澒洞不可掇[47]。

【注释】

1　奉先：县名，今陕西蒲城。天宝十三载（754）秋，长安霖雨成灾，米价腾涌，杜甫一家难以维持生计，故将妻子杨氏及家眷送往奉先寄居。至天宝十四载（755），杜甫数次往来奉先与长安之间。《续古逸丛书》影印《宋本杜工部集》本诗题注：“天宝十四载十一月初作。”当为杜甫自注。本年十一月九日（一说六日）安禄山在范阳起兵反唐，此诗当作于叛乱爆发前夜。

2　杜陵：见《醉时歌》注5。布衣：平民。时杜甫已在率府任职，仍称“布衣”，就此前经历而言。老大：杜甫此时年四十四。拙：愚拙，指固执己见、不通世故。

3　许身：自许，自期。一何愚：何其愚。窃比：私比。窃为谦词。稷与契（xiè）：稷为尧时贤臣，教民植五谷。契为舜时贤臣，掌教化。

4　居然：竟然。濩（huò）落：同瓠落，犹廓落，大而无用。契阔：辛苦。

5　盖棺：指死。《韩诗外传》卷八：“孔子曰：故学而不已，盖棺乃止。”觊（jì）豁：希望达到目的。觊是期盼，豁是达到。

6　穷年：整年，一年到头。黎元：百姓。肠内热：形容焦虑。

7　同学翁：同学之辈。翁泛称年长者。弥：更加。

8　江海志：指归隐之志。

9　尧舜君：圣君。尧舜见《奉赠韦左丞丈二十二韵》注9。永诀：长别。

10　廊庙具：国家栋梁之材。廊庙指朝廷。萧绎《中书令庾肩吾墓志》：“杞梓之材，有均廊庙。”构厦：喻治政。《尚书·大诰》：“厥子弗肯堂，矧肯构。”孔氏传：“以作室喻治政也。”

11　葵藿：葵为冬葵，藿为豆叶，性向阳。曹植《求通亲亲表》：“若葵藿之倾叶太阳，虽不为之回光，然终向之者诚也。”《大般若涅槃经》卷三三：“譬如葵藿，随日而转。”物性：本性。难夺：难以改变。

12 顾惟：自念、自谓之义。李隆基《鹡鸰颂》：“顾惟德凉，夙夜兢惶。”杜甫《寄题江外草堂》：“顾惟鲁钝姿，岂识悔吝先。”此二句解释向有歧义。宋《九家集注》引赵注：“此指言藩镇敢自强大之徒。”仇兆鳌注：“居廊庙者，如蝼蚁拟鲸。”宋《草堂诗笺》则谓：“蝼蚁，物之微者，甫自喻。”清浦起龙《读杜心解》：“顾惟四句，揣分引退之词。”据唐人语例，顾惟为自念、自谓之义，当以后说为是，“蝼蚁”之喻乃诗人自叹生命微贱。《梁书·吉翂传》：“夫鲲鲕蝼蚁，尚惜其生。”求其穴：蚁穿壤为穴，喻人自谋生计。

13 大鲸：海中大鱼。拟：打算。偃：侧身。此指鱼在水中游动。溟渤：大海。

14 兹：指上文所讲的道理。生理：物或人的生成之理，也就是其本分、本性。《庄子·天地》：“物成生理，谓之形；形体保神，各有仪则，谓之性。”干谒：指以诗文投赠权贵求荐举。干，干请。谒，拜见。

15 兀兀：昏愚貌。

16 巢与由：巢父、许由。古代隐士。《高士传》卷上载：巢父为尧时隐人，山居，以树为巢而寝其上，故时人号曰巢父。尧让位于许由，由以告巢父。巢父曰：“汝何不隐汝形，藏汝光？若非吾友也。”又载：尧让天下于许由，由于是遁逃于中岳颍水之阳，箕山之下。尧又召为九州长，由不欲闻之，洗耳于颍水滨。易其节：改变其志节。

17　沉饮：沉醉。自适：自寻其乐。颇愁绝：清仇兆鳌改为“破愁绝”，无据。“愁”以“颇”为修饰语，又以“绝”为补语，杜诗有此句法，如《寄彭州高使君适虢州岑长史参三十韵》：“何太龙钟极。”

18　岁暮：岁末。零：凋落。

19　天衢：天街，即指天空。峥嵘：山高貌，引申喻阴云之重。客子：杜甫自谓。中夜发：半夜出发。

20　霜严：霜重。指直：手指因寒冷而不能弯曲。

21　骊（lí）山：在今陕西临潼东，山上有温泉，筑有温泉宫，后改名华清宫。唐玄宗每年十月至此避寒，至春乃还。御榻：御床。嵽嵲（dié niè）：山高峻貌。

22　蚩尤：传说为九黎之君，曾与黄帝作战。这里指蚩尤旗，为皇帝出行时的先导之旗。扬雄《羽猎赋》：“蚩尤并毂，蒙公先驱。”清钱谦益引《皇览》蚩尤冢出赤气之说，谓此句喻兵象，不可据。洪亮吉又引《古今注》蚩尤作大雾之说，谓此句以蚩尤代雾，但未有其他书证。蹴（cù）踏：踩踏。此指马在路上行走。

23　瑶池：指骊山温泉。参见《同诸公登慈恩寺塔》注11及解读。郁律：烟雾升腾貌。郭璞《江赋》：“气滃渤以雾杳，时郁律其如烟。”羽林：左右羽林军，皇家禁卫军。摩戛（jiá）：兵器仪仗摩擦碰撞。

24　殷（yǐn）：震动。胶葛：旷远貌。司马相如《上林赋》：“张乐乎胶葛之宇。”郭璞注：“言旷远深貌也。”

25　长缨：缨为系冠的带子。此代指达官显贵。短褐：粗麻短衣，贫者所服。

26　彤庭：指朝廷。彤为朱红色，古代宫殿漆以朱色。帛：绢帛。唐代用以充租调、赏赐。寒女：贫女。

27　鞭挞（tà）：鞭打。聚敛：搜刮财物。城阙：指京城。阙指宫阙，宫门前的建筑。

28　圣人：指皇帝。唐人通称皇帝为圣人。筐篚（fěi）恩：指皇帝的赏赐。筐篚用以盛物。《诗经·小雅·鹿鸣》序："《鹿鸣》，燕君臣嘉宾也。既饮食之，又实币帛筐篚，以将其厚意。然后忠臣嘉宾，得尽其心矣。"

29　至理：根本的道理。岂：岂非、岂不。这两句是说臣子如果忽略了至理，君主的赏赐岂不是白白抛弃了么？

30　多士：众多朝臣。语出《诗经·大雅·文王》："济济多士。"战慄（lì）：惊惧。

31　内金盘：指宫内的特殊赏赐。内，内廷。唐代常以金银器赏赐大臣。卫霍室：指外戚。卫、霍，卫青、霍去病，汉武帝时的外戚，曾任大将军、骠骑将军。此暗指杨国忠。见《丽人行》注13。

32　中堂：厅堂正中。此以下写权贵之家，即上文之"卫霍室"。神仙：指歌妓舞女。烟雾：形容衣物之薄。玉质：犹言玉体。

33　管：箛管，吹奏乐器，以竹为管。瑟：弹奏乐器，以丝为弦，二十五弦。

34　驼蹄羹：言食物精美珍异。霜橙：橙、橘成熟于深秋，故带霜。吴均《饼说》："洞庭负霜之橘，仇池连蒂之椒。"

35　朱门：富贵之家以朱漆门。"路有"句：杨伦《杜诗镜铨》评此句："拍到路上无痕。"此以上写路经骊山的所感所想，思绪联翩，这两句收束，回到旅途之路。

36　荣枯：荣指朱门富贵之家，枯指赶路中的诗人自己。

37　北辕：改道向北。由长安赴奉先，至骊山改道向北。泾渭：泾水、渭水在临潼以北汇合。官渡：指渭水上的渡口。改辙：改变路程。

38　群水：写水势之大。崒（zú）兀：高峻突兀。

39　崆峒（kōng tóng）：山名，在今甘肃平凉西。天柱折：极言其威胁。《淮南子·天文训》："昔者共工与颛顼争为帝，怒而触不周之山，天柱折，地维绝。"

40　河梁：桥梁。枝撑：桥的支柱。窸窣（xī sū）：象声词，形容动摇摩擦的声音。

41　异县：指奉先县。十口：指一家人。

42　号咷：大哭。

43　宁：宁肯。舍一哀：潘岳《西征赋》在写到子亡时有"虽勉励于延吴，实惨恸乎余慈"句。延吴指吴国延陵季子。《礼记·檀弓下》记延陵季子长子死，葬于嬴、博之间，孔子称其习于礼，观其葬，坎深不至于泉，其敛以时服。又古有"哭子不恸礼也"（杨万里《庸言》四）的说法，杜甫据此言自己宁可割舍悲哀。里巷：指邻居。

44　秋禾登：秋季庄稼成熟。贫窭（jù）：贫寒。仓卒（cù）：指意外事故。

45　免租税：据《唐律疏议》卷十二《户婚》，依赋役令，文武职事官五品以上同居期亲并免课役。杜甫祖父杜审言官终修文官直学士，官六品。但杜甫《唐故万年县君京兆杜氏墓志》、宋之问《祭杜学士审言文》均记其官为修文馆学士，或为卒后赠官。学士官五品，故其孙杜甫仍享有复除特权。隶征伐：名列服兵役簿册。

46　抚迹：抚事。平人：平民。唐代避太宗李世民之讳，改民为人。骚屑：骚动不安。

47　忧端：忧。端字虚化，无实义。终南：终南山。见《奉赠韦左丞丈二十二韵》注 19。澒（hòng）洞：弥漫无际。不可掇（duō）：不可收拾。

【解读】

这首诗写于天宝十四载（755）十一月安史之乱爆发前夜。这次风尘仆仆的探家旅途，恰好给诗人一个回顾反省长安十年思想、经历的机会。全诗分为三大段。第一段至“放歌颇愁绝”以上，回顾自己的生平志向以及遭遇挫折后的思想痛苦，尽管生活失意使他陷入“忍为尘埃没”的窘境，但他却以“意拙”、“物性”勉励自己，并将窃比稷契的空洞志向转向“忧黎元”，在检讨平生中做出了“独耻事干谒”的深刻反思。第二段从“岁暮百草零”至

“惆怅难再述”，写探家路经骊山，将笔锋转向社会批判，就君臣、君民关系之“至理”发表大段议论，揭露朝廷大权落入“卫霍室”之严重问题。最后一段写家庭生活中的一幕惨剧，由幼子之卒而忧及天下平民百姓，表达了对人民命运和国家前途的深刻忧虑。这首诗的最感人之处，是对自己思想的深刻剖析。诗人在描写理想在现实中破灭之后，并没有否定理想；而是从个人与权贵阶层对立的立场上再进一步，揭露人民与统治者的对立，由此回复到儒家的仁政理想之上。在经历幼子饥饿而卒的惨剧时，诗人“默思失业徒，因念远戍卒”，真实重复了儒家先贤所说的推己及人的情感发现过程。正是这种情感发现，使诗人更深刻地认同儒家社会理想和伦理原则。诗人也不再只是从个人的穷达进退来思考问题，他的忧国忧民从此建立在一种高度自觉的思想基础之上。当然，也正是从这种思想原则出发，诗人在揭露社会黑暗和政治腐败的同时，又一再重复“圣君”观念，在诗歌中开始恢复“忠君”主题。这也说明诗人在思考、批判现实时可能达到的思想高度及其局限。

由杜甫所开创的这种长篇抒情纪事诗，提供了一种以个人经历为主线、同时反映时代和国家命运的特殊诗体形式，使杜诗具有了“诗史”的思想厚度。诗中个人经历与时代背景紧密交织，叙事、抒情、议论密切结合，反复申说，层层推进，展示出生活处境与思想矛盾的各个方面，在风格上也具有杜诗沉郁顿挫的突出特点。

月　夜

今夜鄜州月，闺中只独看[1]。
遥怜小儿女，未解忆长安。
香雾云鬟湿，清辉玉臂寒[2]。
何时倚虚幌，双照泪痕干[3]？

【注释】

1　鄜（fū）州：今陕西富县。天宝十五载（756）六月，安禄山攻陷潼关，杜甫携家逃难至鄜州。七月，肃宗在灵武即位。杜甫只身赴行在，途中被叛军虏往长安。此诗为诗人在长安怀念鄜州家人所作。闺中：内室。

2　云鬟（huán）：鬟是妇女的环形发髻，云鬟形容发髻蓬松。清辉：指月光。

3　虚幌：薄的帷幕。双照：指月光照着两个人。

【解读】

安史之乱的爆发，立刻使广大人民陷入颠沛流离之中。杜甫因陷贼而与家人分离，在月夜怀念家人而作此诗。王嗣奭《杜臆》评此诗："意本思家，而偏想家人之思我，已进一层。至念及儿女之不能思，又进一层。"诗人对家人思念至切，自然而生此遥想场景，忽而想及妻子，忽而怜及儿女，总难自释。至情流露，不妨用"云鬟"、

“玉臂”等华丽意象。忽而又想及团聚时悲喜交加的幸福场面，虽然遥远但却是诗人的唯一期盼。全诗朴实感人，皆因源自真情。

悲陈陶[1]

孟冬十郡良家子[2]，血作陈陶泽中水。
野旷天清无战声，四万义军同日死。
群胡归来血洗箭，仍唱夷歌饮都市[3]。
都人回面向北啼，日夜更望官军至[4]。

【注释】

1　陈陶：陈陶斜，又作陈涛斜，在今陕西咸阳东。肃宗至德元载（756）冬，房琯自请将兵收复京都，分三军，分别自宜寿、武功、奉天进军。房琯自将中军，为前锋。十月二十一日，中军、北军遇叛军于陈陶斜，接战，官军败绩。时房琯食古不化，用春秋车战之法，以骑兵步兵夹牛车二千乘进攻，叛军顺风纵火，唐军人畜烧败，死伤者四万馀人。杜甫在长安，闻战败悲痛作此诗。

2　孟冬：农历十月。十郡：指西北十郡。时房琯所统领的唐军战士多来自西北。良家子：古代常以罪人、赘婿等充军，平民子弟从军称良家子。《史记·李将军列传》："广以良家子从军击胡。"

3　群胡：指安史叛军。安禄山、史思明均为杂种胡人，其部下亦多奚、契丹等族将士。故叛军在当时被视为"群胡"。夷歌：胡人的歌曲。

4　向北啼：时肃宗在灵武即位，灵武在长安西北。

这两句写长安市民思念唐军早至，向北而泣。《资治通鉴》至德元年载：安禄山既得长安，命大索三日，民间骚然，益思唐室。民间相传太子北收兵来取长安，日夜望之，或时相惊曰："太子大军至矣。"则皆走，市里为空。

【解读】

安史之乱急剧改变了国内的社会矛盾，也使杜诗的主题发生重大变化。由于此前诗人已将诗歌的描写对象由现实中的个人扩展为现实中的社会，所以战乱一爆发他便很自然地把战乱的现实也写入诗篇。揭露理想与社会现实相冲突的主题，也立刻让位于唐王朝及其人民抗击叛军的斗争这个更重要的主题。此诗所悲的是唐军的失败、四万战士的捐躯，表达的是长安都人盼望击退叛军、迎接唐王室早日归来的心愿。诗人将这一幕幕历史悲剧记录在案，自觉地担当起表达人民共同意愿的责任。

悲青坂[1]

我军青坂在东门，天寒饮马太白窟[2]。
黄头奚儿日向西[3]，数骑弯弓敢驰突。
山雪河冰野萧瑟，青是烽烟白是骨。
焉得附书与我军，忍待明年莫仓卒[4]？

【注释】

1　青坂：地名，所在不详。据推测，当距陈陶斜不远。陈陶斜战败后两日，房琯因监军宦官邢延恩等督促，又率南军出战，复败。房琯等奔赴行在，肉袒请罪。

2　太白：太白山，在武功县西南，距长安二百里，时唐军三军之中军自武功进军。

3　黄头奚儿：安禄山为范阳节度使，管辖北部奚、契丹、室韦等部落。室韦九部中有黄头室韦。此称黄头奚儿，或为诗人混言。日向西：指叛军不断向西进犯。

4　附书：捎带书信。仓卒：匆忙、急躁。

【解读】

此诗与《悲陈陶》同因陈陶斜之败而作。同为悲痛之作，前诗着重于表达都人的心情，此诗则收结于对我军建言，在悲痛之中保持了对局势的冷静分析。安史之乱本来是唐王朝所属藩镇势力发动的叛乱，但在叛乱爆发后，杜甫与其他人均不约而同地强调叛乱者的胡人身份，在这两首诗中一再出现“群胡”、“夷歌”、“奚儿”等概念。这是以“非我族类”的方式进一步划清敌我阵线，使唐王朝与其人民更紧密地结为一体。这不能说是对叛乱性质的准确界定，而我们可以理解诗人使用这种语言的原因。

哀王孙[1]

长安城头头白乌，夜飞延秋门上呼[2]。
又向人家啄大屋，屋底达官走避胡[3]。
金鞭折断九马死，骨肉不得同驰驱[4]。
腰下宝玦青珊瑚，可怜王孙泣路隅[5]。
问之不肯道姓名，但道困苦乞为奴[6]。
已经百日窜荆棘，身上无有完肌肤[7]。
高帝子孙尽隆准，龙种自与常人殊[8]。
豺狼在邑龙在野，王孙善保千金躯[9]。
不敢长语临交衢，且为王孙立斯须[10]。
昨夜东风吹血腥，东来橐驼满旧都[11]。
朔方健儿好身手，昔何勇锐今何愚[12]。
窃闻天子已传位，圣德北服南单于[13]。
花门剺面请雪耻，慎勿出口他人狙[14]。
哀哉王孙慎勿疏，五陵佳气无时无[15]。

【注释】

1　王孙：皇室子孙。天宝十五载（756）六月，潼关陷落，唐玄宗与杨贵妃姊妹、王子、妃主、皇孙及杨国忠等少数大臣、亲近宦官等出逃，妃主王孙在宫外者皆委之而去。七月，安禄山陷长安，杀霍国长公主及王妃、驸马，又杀王孙、郡县主二十馀人。

2　头白乌：唐人有拜乌习俗，以为乌能报吉凶。白居易《和大觜乌》："乌者种有二，名同性不同。觜小者慈孝，觜大者贪庸。觜大命又长，生来十馀冬。物老颜色变，头毛白茸茸。"可见头白者被视为不祥。延秋门：据《长安志》卷六，长安宫城禁苑西面二门，南曰延秋门，北曰玄武门。据《唐书》记载，唐玄宗自延秋门出逃。

3　大屋：指权贵之家。胡：指安史叛军。这两句写玄宗出逃后，长安达官贵人也纷纷逃避。

4　金鞭：鞭以金镶，见其珍贵。九马：《西京杂记》卷二载汉文帝自代郡还长安，有良马九乘。此泛指众马。骨肉：亲人。

5　宝玦青珊瑚：以珊瑚为玦。《西京杂记》卷一载赵飞燕女弟赠飞燕之物有珊瑚玦。玦为环形玉器，有缺口。路隅：路边。

6　乞为奴：乞求为人家作奴。言困窘之状。

7　窜荆棘：指逃难于荒野。完肌肤：完好的肌肤。

8　高帝：唐高祖李渊。隆准：《史记·高祖本纪》载：汉高祖刘邦"隆准而龙颜"。隆准即高鼻。后代常以隆准为帝王之相。龙种：指皇帝后裔。

9　豺狼：喻叛军。邑：城邑，指长安。龙：喻帝王，指唐玄宗父子。千金躯：形容人身之贵重。

10　交衢：交叉路口。斯须：片刻。

11　橐（tuó）驼：即骆驼。《史记·匈奴列传》："其奇畜则橐驼。"游牧民族所饲养。此指安史叛军的部队。旧都：指长安。

12　朔方：唐朔方军。健儿：唐人称兵士为健儿。这两句追述哥舒翰将河陇、朔方兵及蕃兵二十万在潼关拒敌，结果失守。

13　天子已传位：指肃宗在灵武即位。南单（chán）于：匈奴首领称单于。东汉光武帝时南单于遣使诣阙贡献。此代指与唐王朝结好的回纥等部落。

14　花门：指回纥。花门山堡在居延海北，为回纥衙帐所在。唐人因以为回纥的代称。剺（lí）面：割面。回纥等民族有剺面以示效忠哀痛的风俗。唐肃宗即位后，在是年九月遣使与回纥和亲。至来年（至德二载，757）九月，回纥叶护太子率兵四千助唐讨叛。狙：伺伏，被他人暗中窥伺。

15　五陵：指唐五位皇帝的陵寝，即高祖献陵，太宗昭陵，高宗乾陵，中宗定陵，睿宗桥陵。佳气：古人有望气术，用以推测王业国运。《后汉书·光武帝纪》："王莽篡位，忌恶刘氏。……后望气者苏伯阿为王莽使至南阳，遥望见舂陵郭，唶曰：'气佳哉，郁郁葱葱然。'"这句是说唐王朝气运未衰。

【解读】

安史叛军攻陷长安后，通过屠杀唐宗室王孙来震慑人民，表示他们与唐王朝势不两立。杜甫则通过这首“哀王孙”，表达了包括作者在内的广大人民对唐王朝的支持。这首诗应当取材于作者在长安的亲身经历，具有很强的写实性。诗人用了不少篇幅来描述王孙避难不及、悲泣路隅乃至乞恳为奴的不堪，但同样陷落贼中、只是身份普通（其他人可能根本不清楚杜甫的低级官员身份）的诗人此时却主动站出来安慰王孙。由诗中所叙情节来看，他与这位王孙其实素昧平生，只是根据“宝玦”、“隆准”做出识别。有关“龙种”、“佳气”之类的议论，在今人看来尤显迂腐。但对诗人来说，却不能如此苛求。在《悲陈陶》、《悲青坂》中诗人是为都人代言，表达人民的情感。在此诗中诗人则不仅如此，而且表现出官员的自觉和责任，似乎是在代朝廷宽慰落难王孙，向他通报天子传位、外援将至等重要消息，并告诫他慎勿失望怀疑。显然，作者此时所做的一切都为了一个目的：使人民在唐王朝的旗帜下团结起来。在经过对现实的失望和批判之后，杜甫的思想立场做出重大调整，使他这样一个无权无位、此时甚至失去自由的诗人自觉承担起这一责任。

春　望

国破山河在，城春草木深。
感时花溅泪，恨别鸟惊心[1]。
烽火连三月[2]，家书抵万金。
白头搔更短，浑欲不胜簪[3]。

【注释】

1　花溅泪、鸟惊心：意为因感时、恨别虽睹花鸟仍流泪伤心，也可理解为花、鸟似有情而流泪、惊心。

2　烽火：战火。连三月：一连三月，指整个春季。至德二载（757）春，史思明、蔡希德等攻太原，李光弼率军抵御；郭子仪自鄜州引兵出击崔乾祐于河东；安守忠自长安出兵西犯武功，战火连绵不断。

3　浑：简直。簪（zān）：木、玉或金属制的长针，用以插定发髻或与冠相连。

【解读】

转眼到了次年（至德二载，757）春天，杜甫仍身陷长安，独自春行远望，不禁百感交集。这首五律从结构上看，与一般登览诗的写法大体相同，前半写景，后半言事写怀。但此景此情却绝非寻常可比，镇头“国破”二字改变了诗中所有物象乃至人事的意味。以下诗意的发展也很自然，由全景而至近景，由遥念之家书而至自身的衰弱。但这些似乎见惯的山河城池、草木花鸟，却都在这个特殊的春天、特殊的背景下，变得令人触目惊心。有些句子看得出诗人的刻意锤炼，如三四两句的含混句法。但有些句子只是直陈事实，如“山河在”、“草木深”。言事部分更显直接，甚至细琐，如“不胜簪”。但不管刻意的、直陈的还是细小的事情，在诗里都是有意味的，被诗人很自然地组织成篇。这样，一种极端沉痛而又相对复杂的感受，通过一种有变化但又很自然的方式表达出来，使读者很容易进入而又深深被其打动。

哀江头[1]

少陵野老吞声哭，春日潜行曲江曲[2]。
江头宫殿锁千门，细柳新蒲为谁绿[3]？
忆昔霓旌下南苑[4]，苑中万物生颜色。
昭阳殿里第一人，同辇随君侍君侧[5]。
辇前才人带弓箭，白马嚼啮黄金勒[6]。
翻身向天仰射云，一笑正坠双飞翼[7]。
明眸皓齿今何在？血污游魂归不得[8]。
清渭东流剑阁深，去住彼此无消息[9]。
人生有情泪沾臆，江草江花岂终极[10]？
黄昏胡骑尘满城，欲往城南忘南北[11]。

【注释】

1 江头：指曲江。见《曲江三章章五句》注 1。天宝十五载（756）六月，唐玄宗与杨贵妃等出逃，谋幸蜀。至马嵬驿，诸卫顿军不进，龙武大将军陈玄礼奏请斩杨国忠。及斩国忠，兵犹未解，玄宗令高力士宣问，回奏曰：“诸将既诛国忠，以贵妃在宫，人情恐惧。”玄宗令赐贵妃自尽，遂缢死佛堂。至德二载（757）杜甫在长安，忆及乱前贵妃出游场景，作此诗。

2 少陵野老：杜甫自称。少陵原在长安县西南四十里，去杜陵十八里。杜甫家所在。故杜甫自称杜陵布衣，又称少陵野老。曲江曲：曲江岸边。

3　江头宫殿：曲江边有紫云楼、芙蓉苑等建筑。

4　霓旌：如虹霓般的旗帜。指皇帝出行时的仪仗。南苑：即芙蓉苑，在曲江西南。

5　昭阳殿：汉宫殿。赵飞燕得汉成帝宠幸，居昭阳殿。此代指杨贵妃。辇：帝后所乘车。《汉书·外戚传》载：成帝游于后庭，欲与班倢伃同辇载，倢伃推辞说：观古图画，圣贤之君皆有名臣在侧，三代末主乃有嬖女。成帝善其言而止。此暗用其事。

6　才人：内官有才人七人，皇帝出行时骑马在前侍卫。嚼啮（niè）：咬。黄金勒：黄金做的络头。

7　“一笑”句：谓才人射中双飞鸟而博得贵妃一笑。

8　明眸（móu）：明亮的眼珠。血污游魂：指杨贵妃缢死马嵬。

9　剑阁：剑南道剑州（今四川剑阁）大剑山有剑阁道，为入蜀所经。“去住”句：玄宗入蜀而贵妃死葬马嵬，为一去一住。

10　臆：胸臆，胸膛。岂终极：花草生长无尽，言其无情。

11　忘南北：诗人欲往城南家中，然神伤意乱，不辨南北。

【解读】

此诗亦作于至德二载（757）春，与《哀王孙》前后呼应。羁留长安，潜行曲江，诗人追忆往昔，凭吊故国风物，不禁感慨万千。此诗名为“哀江头”，有意用一个较宽泛的命名，回避了所哀悼事件的中心人物——杨贵妃。其实，如果除去李白《清平乐词》之类谀词不算，此诗可能是文学作品第一次正面严肃地描写这个处于政局和时代旋涡中心、凝聚了太多是非爱憎的人物，是马嵬之变发生后由诗人所做的最早的社会记录。此后，这一题材在民间和文人创作中便一再被重复，可见这个故事本身蕴含了多么丰富的政治、历史和人性方面的内容。不久前诗人还揭露过“卫霍室”的弄权和“杨花雪落”的丑闻，但此时在写到杨贵妃的命运和下场时，诗人的感情却十分凝重。“明眸皓齿”与“血污游魂”的对比是那么触目，人们对王朝几乎被颠覆的突发事件还来不及深入思索，似乎是顺遂民意的但更像是盲目暴虐的对罪责的清算又来得这样突然而残酷。可以想见，它给作者和其他人带来的心理冲击是何等强烈。对此，诗人不能简单地给出一个是或非的判断（此后，诗人在《北征》中曾给出“不闻夏殷衰，中自诛褒妲”那样一个完全意识形态化、公式化但也失去个人情感的判断）。与《哀王孙》等作品相比，此时作者更多地陷入沉思，陷入自己始终理不清的对这个王朝、对“圣君”及其周围人物既爱又恨、痛心疾首的感情纠结之中，不禁动情洒泪，乃至神伤意迷。

述　怀[1]

去年潼关破，妻子隔绝久[2]。
今夏草木长，脱身得西走[3]。
麻鞋见天子，衣袖露两肘[4]。
朝廷愍生还，亲故伤老丑[5]。
涕泪受拾遗，流离主恩厚[6]。
柴门虽得去[7]，未忍即开口。
寄书问三川[8]，不知家在否。
比闻同罹难[9]，杀戮到鸡狗。
山中漏茅屋，谁复依户牖[10]？
摧颓苍松根，地冷骨未朽[11]。
几人全性命，尽室岂相偶[12]？
嵚岑猛虎场，郁结回我首[13]。
自寄一封书，今已十月后。
反畏消息来，寸心亦何有[14]？
汉运初中兴[15]，生平老耽酒。
沉思欢会处，恐作穷独叟[16]。

【注释】

1　至德二载（757）四月，杜甫自长安间道逃至凤翔。五月，授官左拾遗。时仍与家人分离，不知消息，作此诗。

2　潼关破：天宝十五载（756）六月，潼关失守。杜甫携家避难。此后只身赴灵武，被叛军虏至长安，便与家人失散。

3　草木长：用陶渊明《读山海经》“孟夏草木长”语意。西走：本年二月，肃宗至凤翔（今陕西凤翔），在长安西。故杜甫脱身西走。

4　麻鞋：以麻编织，形如草鞋。露两肘：《庄子·让王》：“捉襟而肘见。”二句写其衣履不整之状。

5　愍（mǐn）：哀怜。老丑：自言其形貌。

6　受拾遗：杜甫授官左拾遗。左拾遗官从八品上，掌供奉讽谏。因可以直接向皇帝提意见，被视为清要官。“流离”句：意谓在流离之中尤感君主恩意之厚。

7　柴门：指自己家人所在。

8　三川：三川县，在鄜州南。杜甫家人逃难中居此。

9　比闻：此前听说。罹难：遭遇祸难。指三川一带遭叛军攻占。

10　户牖（yǒu）：门和窗。此句言不知家中是否有人幸存。

11　摧颓：摧败毁坏。骨未朽：言近死者尸骨尚存。

12　尽室：全家。相偶：相对，相伴。这两句皆表示担心不知家中几人存活。

13　嵚（qīn）岑：山高貌。猛虎场：猛虎出没之地，指叛军攻占之地。郁结：心情愁闷。

14　“反畏”句：言惧闻噩耗。寸心：心。古人称心为方寸之地，又称方寸心。亦何有：言此心除思念之外还能想什么。

15　汉运：朝廷气运，借汉言唐。中兴：国家在遭遇祸难后重新复兴。

16　“沉思”二句：言在他人欢会之时忧虑自己会因失去家庭而成孤独之人。

【解读】

至德二载（757）初夏，历经艰难危险，杜甫终于逃出长安，奔赴行在，并蒙授左拾遗之职。杜甫对“主恩”感激涕零，完全发自内心，对国运中兴也充满期待。但与此同时，最令他挂念的则是妻子儿女的命运。此诗名为“述怀”，把重点完全放在后一方面，真实地描述了他的种种担心忧虑。由于战火所经处处惨绝人寰，更由于久无消息、忧虑已极，诗人所想到的总是最可怕的结果。正所谓忧者忧其最怕事，不像旁人还可多加宽慰，这是人之常情。但只有在这种特殊的患难背景下，杜甫才不惮把它写入诗中。

羌村三首[1]

峥嵘赤云西，日脚下平地[2]。
柴门鸟雀噪，归客千里至。
妻孥怪我在，惊定还拭泪[3]。
世乱遭飘荡，生还偶然遂[4]。
邻人满墙头，感叹亦歔欷[5]。
夜阑更秉烛，相对如梦寐[6]。

【注释】

1　羌村：在鄜州，杜甫家人居此。至德二载（757）五月，杜甫在左拾遗任上上疏为房琯辩解，触怒肃宗。八月，肃宗让他放假回鄜州探家。这组诗写到家后所见。

2　峥嵘：高峻貌。此形容云势。赤云：火烧云。日脚：日光射线。下平地：日光自西射下，言天色已晚。

3　孥（nú）：儿女。拭泪：擦泪。

4　偶然遂：偶然实现。歔欷（xū xī）：同欷歔，叹气声。

6　夜阑：夜晚。秉烛：燃烛。梦寐：做梦。

晚岁迫偷生[1]，还家少欢趣。
娇儿不离膝，畏我复却去[2]。

忆昔好追凉，故绕池边树[3]。
萧萧北风劲，抚事煎百虑[4]。
赖知禾黍收，已觉糟床注[5]。
如今足斟酌，且用慰迟暮[6]。

【注释】

1 晚岁：晚年，老年。偷生：苟且而生。

2 “畏我”句：句法有歧义。一说娇儿担心我再次离去，一说娇儿因陌生而对我生畏惧，复又离去。

3 忆昔：指去年夏天在鄜州时。追凉：逐凉。故：仍，仍然。杜甫此年返家已在仲秋，因追忆往岁仍到池边观赏。

4 抚事：念及众事。煎百虑：为百虑所煎熬。煎，形容忧心如焚。

5 禾黍：泛指酿酒的粮食。糟床：榨酒器。注：流注，酒从糟床滴下。

6 足斟酌：酒足。斟酌，斟酒。迟暮：指晚年。

群鸡正乱叫，客至鸡斗争。
驱鸡上树木，始闻叩柴荆[1]。
父老四五人，问我久远行[2]。
手中各有携，倾榼浊复清[3]。

苦辞酒味薄，黍地无人耕[4]。
兵革既未息，儿童尽东征[5]。
请为父老歌，艰难愧深情[6]。
歌罢仰天叹，四座泪纵横。

【注释】

1　柴荆：指柴门。

2　问：问候，慰问。

3　榼（kē）：盛酒器，可携带。浊、清：指浊酒、清酒。

4　苦辞：一再表示抱歉。苦为极、甚之义。以下四句为父老之言。

5　兵革：兵器甲胄。此指战争。儿童：指青年。东征：指对安史叛军作战。

6　“艰难”句：意为在如此艰难时局中对父老深情深感惭愧。

【解读】

安史之乱爆发后，自《月夜》等诗开始，杜诗的一个重要主题就是抒写家庭人伦之情。杜甫因尽谏官之责而触怒肃宗，得到探家机会，终于与家人团聚。这组诗集中写探家经过，由于在艰难之中死亡成为常态，诗人的生还，家庭的保全，反而成为意外，以致“妻孥怪我在”。一句

“生还偶然遂”，更道尽无限感慨。幸存者感受到的并不是生的幸福，而是“少欢趣”、“迫偷生”，生成为一种沉重的负担。面对如此艰难的生存，使作者心情稍稍放松并感到宽慰的，正是家庭的暂时安定，是“娇儿不离膝”的依恋情景。可见家庭人伦之情是与现实苦难相抗衡的、人生中真正值得珍重的一种力量。接下来作者又腾出整整一首的篇幅来描写更为扩大的人伦之情，即邻里之间、普通人民之间的感情。这种人与人之间的相互同情，曾被孟子当作仁义思想的基础，对于诗人而言，则是他在真实生活中感受到的普通人的纯朴感情。杜诗打动人心的力量往往与这种感情直接关联。

北　征[1]

皇帝二载秋，闰八月初吉[2]。
杜子将北征，苍茫问家室[3]。
维时遭艰虞，朝野少暇日[4]。
顾惭恩私被，诏许归蓬荜[5]。
拜辞诣阙下，怵惕久未出[6]。
虽乏谏诤姿，恐君有遗失[7]。
君诚中兴主，经纬固密勿[8]。
东胡反未已，臣甫愤所切[9]。
挥涕恋行在，道途犹恍惚[10]。
乾坤含疮痍，忧虞何时毕[11]。
靡靡逾阡陌，人烟眇萧瑟[12]。
所遇多被伤[13]，呻吟更流血。
回首凤翔县，旌旗晚明灭[14]。
前登寒山重，屡得饮马窟[15]。
邠郊入地底，泾水中荡潏[16]。
猛虎立我前，苍崖吼时裂[17]。
菊垂今秋花，石戴古车辙[18]。
青云动高兴，幽事亦可悦[19]。

山果多琐细，罗生杂橡栗[20]。
或红如丹砂，或黑如点漆[21]。
雨露之所濡，甘苦齐结实[22]。
缅思桃源内，益叹身世拙[23]。
坡陀望鄜畤，岩谷互出没[24]。
我行已水滨，我仆犹木末[25]。
鸱鸮鸣黄桑[26]，野鼠拱乱穴。
夜深经战场，寒月照白骨[27]。
潼关百万师，往者散何卒[28]。
遂令半秦民，残害为异物[29]。
况我堕胡尘，及归尽华发[30]。
经年至茅屋，妻子衣百结[31]。
恸哭松声回，悲泉共幽咽[32]。
平生所娇儿，颜色白胜雪[33]。
见耶背面啼，垢腻脚不袜[34]。
床前两小女，补绽才过膝[35]。
海图坼波涛，旧绣移曲折[36]。
天吴及紫凤，颠倒在短褐[37]。
老夫情怀恶，呕泄卧数日[38]。
那无囊中帛，救汝寒凛慄[39]。

粉黛亦解包，衾裯稍罗列[40]。
瘦妻面复光，痴女头自栉[41]。
学母无不为，晓妆随手抹。
移时施朱铅，狼籍画眉阔[42]。
生还对童稚，似欲忘饥渴。
问事竞挽须，谁能即嗔喝[43]？
翻思在贼愁，甘受杂乱聒[44]。
新归且慰意，生理焉得说[45]？
至尊尚蒙尘，几日休练卒[46]？
仰观天色改，坐觉妖氛豁[47]。
阴风西北来，惨淡随回纥[48]。
其王愿助顺，其俗善驰突[49]。
送兵五千人，驱马一万匹[50]。
此辈少为贵，四方服勇决[51]。
所用皆鹰腾，破敌过箭疾[52]。
圣心颇虚伫，时议气欲夺[53]。
伊洛指掌收，西京不足拔[54]。
官军请深入，蓄锐可俱发[55]。
此举开青徐，旋瞻略恒碣[56]。
昊天积霜露，正气有肃杀[57]。

祸转亡胡岁，势成擒胡月[58]。
胡命其能久，皇纲未宜绝[59]。
忆昨狼狈初，事与古先别[60]。
奸臣竟菹醢，同恶随荡析[61]。
不闻夏殷衰，中自诛褒妲[62]。
周汉获再兴，宣光果明哲[63]。
桓桓陈将军，仗钺奋忠烈[64]。
微尔人尽非，于今国犹活[65]。
凄凉大同殿，寂寞白兽闼[66]。
都人望翠华，佳气向金阙[67]。
园陵固有神，扫洒数不缺[68]。
煌煌太宗业，树立甚宏达[69]。

【注释】

1　原注："归至凤翔，墨制放往鄜州作。"此诗亦作于至德二载（757）闰八月杜甫到鄜州探家之后。东汉班彪自长安往凉州避难，作《北征赋》。鄜州在凤翔东北，故杜甫此诗亦名《北征》。

2　皇帝二载：指肃宗至德二载。闰八月：此年闰八月。初吉：初一。《诗经·小雅·小明》："二月初吉。"这两句记出发时间，作者有意使用"史笔"。

3　杜子：杜甫自称。苍茫：旷远迷茫。问：探望。

4　维：发语词。艰虞：艰苦危难。暇日：空闲之日。

5　顾惭：自觉惭愧。恩私被：即被私恩，蒙皇帝私恩照顾。蓬荜（bì）：蓬门荜户，喻穷人所居。

6　诣阙下：叩见皇帝。诣，到。阙，宫门。怵惕（chù tì）：戒惧。

7　谏诤（jiàn zhèng）：臣下对君主直言规劝。遗失：缺漏。这两句言上疏救房琯事，称自己虽缺少谏官的风度，但用意在弥补君主所失。

8　君：指肃宗。中兴主：使国家复兴的君主。经纬：纺织纵线名经，横线名纬。喻治政。密勿：劳心勤力。

9　东胡：东北游牧民族。此指安史叛军。臣甫：对君而自称"臣"。愤所切：愤恨之所痛切。

10　行在：皇帝临时驻在之处。恍惚：心神不安。

11　乾坤：天地，犹言天下。疮痍（yí）：创伤。此指社会灾难。忧虞：忧患。

12　靡靡：行路迟缓貌。逾：跨越。阡陌：田间小路，南北名阡，东西名陌。眇：少。萧瑟：冷落。指人烟稀少。

13　被伤：受伤，带伤。

14　凤翔县：今陕西凤翔。明灭：忽明忽灭。

15　重：重叠。饮马窟：古诗有《饮马长城窟行》。此指山涧中行军饮马之处，言此处多经战事。

16　邠（bīn）：邠州，今陕西彬县，自凤翔至鄜州所经。入地底：邠州地势较低。泾水从邠州北郊流过。荡潏（yù）：水溢出貌。

17　猛虎：此写山石之貌如虎。吼时裂：由猛虎之喻而延伸，写山崖裂缝如吼时震开。

18　石戴：犹言石印。古车辙：言辙印年深岁久。

19　动高兴：引起很高的兴致。幽事：幽物，指山间幽景。

20　罗生：交错而生。橡栗：橡树子，形似栗而小，可食。

21　丹砂：朱砂，色赤。点漆：形容色黑而有光泽。《晋书·杜乂传》："肤如凝脂，眼如点漆。"

22　濡：润泽。甘苦：指果实或甜或苦。

23　缅思：遥想。桃源：桃花源。晋陶渊明作《桃花源记》，记桃花源与外世隔绝。身世拙：拙于身世，身世坎坷。

24　坡陀：地势高低不平。鄜畤（zhì）：指鄜州。春秋时秦文公在此筑鄜畤，祭祀白帝。互出没：言岩谷交互出现。

25　木末：树梢，指山高处。这两句说自己思家心切，已下至水边，仆人尚在山高处。

26　鸱鸮（chī xiāo）：鸟名。《诗经·豳风·鸱鸮》："鸱鸮鸱鸮，既取我子，无毁我室。"黄桑：秋后桑树叶将落而黄。

27　战场：鄜州一带曾受安史叛军侵犯，有战事。寒月：杜甫于闰八月初一启程，在路步行，至鄜州已经数日，故傍晚可见月。

28　“潼关”句：指哥舒翰兵败潼关事。安禄山反，玄宗拜哥舒翰为兵马元帅，将河陇、朔方兵及蕃兵，与高仙之旧卒共二十万，拒贼于潼关。翰请持重以弊敌，杨国忠恐其谋己，屡奏使出兵，中使相继督责，翰不得已引师出关。天宝十五载六月八日与叛军战于灵宝县西原，死者数万人。军既败，翰与数百骑驰而西归，为火拔归仁所执，降于叛军。百万师：极言其多。卒（cù）：仓卒。

29　半秦民：秦民之半。秦指关中地区。为异物：指死。

30　堕胡尘：指被叛军虏往长安。华发：头发花白。

31　经年：杜甫于至德元载（756）七月离鄜州，至次年闰八月方探家，已经一年。衣百结：形容衣弊，用残缯结为衣。

32　“恸哭”二句：言哭声与松声、泉水声混同。幽咽：泉水声。乐府《陇头歌》：“陇头流水，鸣声幽咽。”

33　白胜雪：言面无血色。

34　耶：即爷，父亲。垢腻：肮脏。

35　补绽：缝补。才过膝：言衣甚短。

36　海图：海景图案。坼（chè）：裂开。这两句和以下两句均言用旧绣品补绽衣物，将原有图案拆裂颠倒。

37　天吴：传说中的水神。紫凤：传说中的凤鸟。这里都是指绣品上的图案。短褐：粗麻短衣。

38 情怀恶：心情恶劣。呕泄：上吐下泻。

39 那无：怎无。凛慄：颤抖。

40 粉黛：妇女化妆品，粉用以搽脸，黛用以画眉。解包：打开包袱。衾裯（chóu）：被子和床帐。

41 栉（zhì）：梳头。

42 移时：时辰移改，言时间久。朱铅：朱用以涂唇，铅指铅粉，用以搽脸。狼籍：零乱。画眉阔：唐时流行画阔眉。

43 捋须：拽着胡须。嗔喝：生气责怪。

44 翻思：回过头想。聒（guō）：喧扰，吵闹。

45 生理：此指谋生之计。

46 至尊：皇帝。蒙尘：指皇帝蒙难在外。休练卒：停止练兵，指结束战争。

47 坐觉：顿时觉得。妖氛豁：妖气散开。

48 回纥（hé）：其先为铁勒部落，天宝中其酋长受唐册封为怀仁可汗。肃宗即位后，遣使修好征兵。本年九月，回纥遣太子叶护率兵马四千馀众，助唐讨叛。

49 助顺：指帮助唐朝讨叛。驰突：骑马作战。

50 五千人：史载叶护率兵四千馀众，此举其成数。一万匹：骑兵一人备两马，故为一万匹。

51 少为贵：以少为贵。言回纥兵善战，又暗含不主张多用回纥兵的意见。勇决：勇敢。

52 鹰腾：如鹰腾飞。箭疾：快如飞箭。

53 圣心：指皇帝心意。虚伫：虚心期待。时议：指朝臣议论。气欲夺：指非议之论失去气势。

54　伊洛：伊水、洛水，唐东都洛阳位于二水流经之处。指掌收：言收复东都如在指掌之间。西京：唐以长安为西京。

55　官军：指唐军。蓄锐：积聚精锐。俱发：与回纥兵共同进发。

56　开青徐：进军青州、徐州一带。旋瞻：转眼可见。略：攻取。恒碣：恒山、碣石山，在唐的河东道和河北道。以上六句言唐军当先收复两京，然后南北合击，攻取安史叛军的老巢。

57　昊（hào）天：秋天。参见《同诸公登慈恩寺塔》注 7。肃杀：古人以为秋气肃杀，为行刑用兵之时。

58　祸转：谓祸患将转至叛军方面。亡胡岁、擒胡月：互文义同。

59　其能久：岂能久。其为语气副词，表反诘。皇纲：指唐王朝正统。

60　“忆昨”二句：指天宝十五载唐玄宗从长安出逃事。古先，古代。

61　“奸臣”句：指杨国忠在马嵬驿被军士所杀。菹醢（zū hǎi），剁成肉酱。同恶：指杨国忠的同党。荡析：扫荡、消灭。

62　“不闻”二句：传说夏桀因宠幸妺喜而亡国，殷纣王因宠幸妲己而亡国，周幽王因宠幸褒姒而导致犬戎入侵、周东迁。这两句错综为文，言夏、殷而该周，举褒、妲而兼妹喜，谓玄宗赐死杨贵妃，不同于三代不能诛杀褒、妲等人终致亡国。

63　“周汉”二句：周宣王兴复周朝，汉光武帝兴复汉朝，此借二人誉唐肃宗。

64　桓桓：威武貌。陈将军：陈玄礼。钺（yuè）：大斧，此指节钺，禁军所持仪仗。奋忠烈：指陈玄礼向玄宗奏请斩杨国忠。见《哀江头》注1。

65　“微尔”句：微，没有。尔，你。《左传·昭公元年》：“美哉禹功，明德远矣。微禹，吾其鱼乎！”此化用其意。国犹活：国家还在。

66　大同殿：在长安兴庆宫内。白兽闼（tà）：白兽门，长安禁苑南门。

67　翠华：用翠鸟羽毛装饰的旗，皇帝出行所建。佳气：祥瑞之气。金阙：指皇宫。

68　园陵：皇帝陵墓。神：祖先的神灵。扫洒：指祭拜祖陵的礼仪。

69　煌煌：光明貌。太宗业：指由唐太宗开创的王业。宏达：宏伟广大。

【解读】

此诗与《羌村三首》作于同一背景下，在写法上与《自京赴奉先县咏怀五百字》遥相呼应，也是写探家，也是家事、国事交叉叙述，篇幅有所加长。其中写旅途一段较为从容，不但有“幽事亦可悦”的景物描写，还有“我仆犹木末”的细节点缀。写到家一段主要是生活情景的描绘，充分表现家庭生活带来的温暖“慰意”，不但有娇儿、小女情态的生动描写，而且有“天吴与紫凤，颠倒在短褐”这样随手拈来又极富特征的特写镜头。在政局方面，这时杜甫已失去肃宗的信任，但在提及皇帝时，作者的措辞十分谨慎，不敢也不能真的指责君上有什么错失，只能委婉地表达自己的忧虑，一再披露自己的赤诚之心。然而，由于身份变化，作者已深深介入朝政，所以他在诗中还是按捺不住，用很长篇幅直接发表对时局的具体意见建议，如对回纥“助顺”表示支持，但也隐隐表达了一些担心。在回顾战乱过程时，作者把“诛褒妲”当作一个转折点，有些过甚其词地赞颂“桓桓陈将军”，表达了当时的一般舆论，也受到其眼界的限制。总的来看，这首诗表现出在战乱的复杂局面下，一个忠诚的臣子如何保持对朝廷和国家的希望，如何全力以赴维护皇朝和人民利益的一致，以便对付国家的最大威胁。此外，作者在此诗中将这一时期的两大主题——人伦主题和政治主题放在一起，两条线索“若有照应，若无照应，若有穿插，若无穿插，不可捉摸”（王嗣奭《杜臆》）。表面看来，这两个主题没有十分紧密的联系，作者也没有有意识地让它们相互关联。但进一步看，人伦主题的突出恰恰是战乱时代所带来的，人伦情感也是政治思想原则的基础。看起来琐细的家庭生活描写真实展现了诗人的地位，与政治主题有机地结合起来，是构成历史图卷与诗人形象的完整性所不可或缺的。

彭衙行[1]

忆昔避贼初，北走经险艰[2]。
夜深彭衙道，月照白水山[3]。
尽室久徒步，逢人多厚颜[4]。
参差谷鸟鸣，不见游子还[5]。
痴女饥咬我[6]，啼畏虎狼闻。
怀中掩其口，反侧声愈嗔[7]。
小儿强解事，故索苦李餐[8]。
一旬半雷雨，泥泞相牵攀[9]。
既无御雨备，径滑衣又寒。
有时经契阔，竟日数里间[10]。
野果充糇粮，卑枝成屋椽[11]。
早行石上水，暮宿天边烟[12]。
小留同家洼，欲出芦子关[13]。
故人有孙宰，高义薄层云[14]。
延客已曛黑[15]，张灯启重门。
暖汤濯我足，剪纸招我魂[16]。
从此出妻孥，相视涕阑干[17]。
众雏烂漫睡，唤起沾盘飧[18]。

誓将与夫子，永结为弟昆[19]。
遂空所坐堂[20]，安居奉我欢。
谁肯艰难际，豁达露心肝[21]？
别来岁月周，胡羯仍构患[22]。
何当有翅翎，飞去坠尔前？

【注释】

1 彭衙：彭衙堡，在白水县东北。此诗回忆天宝十五载（756）杜甫携家眷逃难经历。

2 北走：逃难时杜甫一家从白水向北往鄜州。

3 白水：今陕西白水。

4 尽室：全家。厚颜：厚着脸皮。逃难时不得不厚着脸皮向人求助。

5 参差（cēn cī）：不齐。指鸟鸣杂乱。游子：指路人。言路人皆北逃，没有往回走的。

6 咬：恳求，乞求。唐人口语。

7 反侧：扭动身体挣扎。声愈嗔：哭闹声更大。

8 强解事：强作懂事。“故索”句：苦李不可食而仍索求。

9 相牵攀：互相拉扯搀扶。

10 契阔：勤苦。二句谓有时一日劳累，只能走数里路。

11 糇（hóu）粮：干粮。椽（chuán）：椽子，房梁

上的木条，用以承瓦。这句说只能在树下休息，聊避风雨。

12　石上水：谓涉水而行。

13　同家洼：地名。具体地点不详。芦子关：在延州（今陕西安塞）北。杜甫计划北往灵武，故欲出芦子关。

14　孙宰：或谓宰为其名，或谓其曾任县令而称宰。薄：迫近。

15　曛（xūn）黑：日晚天黑。

16　濯（zhuó）足：洗脚。招魂：古人风俗，剪纸为旐，为重病或受惊吓者招魂灵。

17　从此：此时。出妻孥：叫出妻子儿女。涕阑干：眼泪纵横。

18　众雏：指众儿女。烂漫：任其自然。此指睡得很香。沾：尝。盘飧（sūn）：放在盘中的食物。飧为熟食。《左传·僖公二十三年》："乃馈盘飧，置璧焉。"

19　弟昆：弟兄。

20　空：腾出。

21　豁达：心胸开阔。露心肝：指以诚待人。

22　岁月周：满一年。胡羯（jié）：即羯胡，指安史叛军。羯原为匈奴别部，源出中亚月支，晋时羯人石勒建立后赵。后泛指北方诸游牧民族。构患：作难。

【解读】

这首诗回忆战乱中的逃难经历，属于杜诗中"朴者极朴，叙实事之类”（王慎中评语）的作品。它所写的完全是普通人的生活遭遇，其中痴女、小儿哭闹索食等等描写径直取自真实生活，无需任何夸张渲染。正在一家人危苦之中，遇到故人孙宰的热情款待。这种在艰难之际普通人之间的相互友爱和帮助，和家庭亲情一样，也是人伦之情的体现。作者在此诗中并非有意要强调某种观念，只是如实记述战乱中深深打动自己的事情。愈是在艰难灾害之中，愈是面对杀害和仇恨，这种真情愈发珍贵，愈能显示它的真诚和力量。这种高尚之情的记述，也实在不需要什么特别的文学手法，它自然要求采用这种朴素的形式。

赠卫八处士[1]

人生不相见，动如参与商[2]。
今夕复何夕[3]，共此灯烛光？
少壮能几时，鬓发各已苍[4]。
访旧半为鬼，惊呼热中肠[5]。
焉知二十载，重上君子堂。
昔别君未婚，儿女忽成行。
怡然敬父执，问我来何方[6]。
问答未及已，儿女罗酒浆[7]。
夜雨剪春韭，新炊间黄粱[8]。
主称会面难，一举累十觞[9]。
十觞亦不醉，感子故意长[10]。
明日隔山岳，世事两茫茫。

【注释】

1　卫八处士：名不详。八为排行，处士是对未出仕者的称呼。

2　动如：动辄就如。参（shēn）、商：参宿和商宿。《左传·昭公元年》载：高辛氏二子阏伯、实沈互不相能，日寻干戈，后帝迁阏伯于商丘，主辰，商人因之，为商星；迁实沈于大夏，主参。参星与商星不能同时在天空出现，喻人不能晤面。

3 今夕复何夕：《诗经·唐风·绸缪》：“今夕何夕，见此邂逅。”此用其意，表示今夕难忘。

4 苍：发色灰白。

5 访旧：询问故人所在。半为鬼：一半已死。热中肠：形容内心感慨之甚。

6 父执：父辈的友人。这两句写卫八儿女相问。

7 罗：陈列。酒浆：酒水。

8 新炊：新煮的饭。间：掺和。黄粱：一种粟米，香美胜于其他。

9 主：主人，指卫八。累：接连。觞（shāng）：饮酒器。

10 “感子”句：意为感念对方故旧情意之深。子，指卫八。

【解读】

此诗一般认为是乾元二年（759）杜甫官华州司功参军时所作。诗作于与故人相见的当晚，诗人所感慨的不仅仅是别易见难、故旧情深，而是涉及更深广的人生主题。“人生不相见”与“人生如转蓬”之喻一样，讲的是人生的偶然，被抛在世上。今夕能共此烛光，当然也是意外之事。“少壮能几时”感慨人生变化之快，“访旧半为鬼”更使这种惊慨达到高潮。接下来写儿女辈“怡然敬父执”，意味更为深长。所谓“人家见生男女好，不知男女催人老”（王建《短歌行》），儿女带来的不止是人生的满足，也有人生的无奈。写儿女的“怡然”神情，更是传神之笔，说明他们未谙人世，体会不到父辈“惊呼”的感受。最后以瞻望明日、世事茫然结束，说明飘转的人生还将如此继续下去，当晚的欢会就像茫茫黑夜中偶尔点亮的烛光一样。在一个特殊动荡的时代背景下，诗人真切体会到人生的一种普通感受，但恰恰是这种普通感受触及了人生的根本处境。

洗兵马[1]

中兴诸将收山东，捷书夜报清昼同[2]。
河广传闻一苇过，胡危命在破竹中[3]。
只残邺城不日得，独任朔方无限功[4]。
京师皆骑汗血马，回纥馁肉蒲萄宫[5]。
已喜皇威清海岱，常思仙仗过崆峒[6]。
三年笛里关山月，万国兵前草木风[7]。
成王功大心转小，郭相谋深古来少[8]。
司徒清鉴悬明镜，尚书气与秋天杳[9]。
二三豪俊为时出，整顿乾坤济时了[10]。
东走无复忆鲈鱼，南飞觉有安巢鸟[11]。
青春复随冠冕入，紫禁正耐烟花绕[12]。
鹤驾通宵凤辇备，鸡鸣问寝龙楼晓[13]。
攀龙附凤势莫当，天下尽化为侯王[14]。
汝等岂知蒙帝力，时来不得夸身强[15]。
关中既留萧丞相，幕下复用张子房[16]。
张公一生江海客[17]，身长九尺须眉苍。
征起适遇风云会，扶颠始知筹策良[18]。
青袍白马更何有，后汉今周喜再昌[19]。

寸地尺天皆入贡，奇祥异瑞争来送[20]。
不知何国致白环，复道诸山得银瓮[21]。
隐士休歌紫芝曲，词人解撰清河颂[22]。
田家望望惜雨干，布谷处处催春种[23]。
淇上健儿归莫懒[24]，城南思妇愁多梦。
安得壮士挽天河[25]，净洗甲兵长不用？

【注释】

1　原注：“收京后作。”至德二载（757）九月、十月，唐军先后收复西京长安和东京洛阳。杜甫于乾元元年（758）末往洛阳探视，此诗当作于乾元二年（759）二月自洛阳返华州前。左思《吴都赋》：“洗兵海岛，刷马江洲。”《说苑》载：武王伐纣，风霁而乘以大雨，散宜生谏曰：“此非妖与？”武王曰：“非也。天洗兵也。”此诗命篇据此，但结尾云“净洗甲兵长不用”，用意有变化。

2　中兴诸将：指参与平定安史叛军的诸将领，即下文所云成王、郭相、司徒、尚书诸人。山东：指函谷关以东。“捷书”句：谓捷书日夜相继。

3　“河广”句：河指黄河。一苇，指舟。《诗经·卫风·河广》：“谁谓河广，一苇航之。”诗意据此，言渡河之易。胡：指安史叛军。破竹：形容乘势而下，顺利无阻。《晋书·杜预传》：“今兵威已振，譬如破竹，数节之后，皆迎刃而解。”

4 邺城：相州，今河南安阳。至德二载正月，安庆绪谋杀其父安禄山。唐军收复长安、洛阳后，安庆绪退守邺城，据有七郡六十馀城。朔方：朔方军。唐玄宗时设朔方节度使，治所在灵州（灵武），所属有敕勒族八部，以善战著称。天宝十四载十一月，以郭子仪为朔方节度使，下属名将有李光弼、仆固怀恩等。潼关失守后，肃宗北就灵武即位，依靠朔方军发起反击。

5 京师：指长安。汗血马：汉通西域，得大宛汗血马。参见《房兵曹胡马》注 2。此指回纥军等至长安。餧：同喂。蒲萄宫：汉上林苑宫殿。汉元帝时匈奴单于来朝，安置于蒲萄宫。此借指唐肃宗在宣政殿接待回纥叶护可汗。蒲萄即葡萄。

6 海岱：见《登兖州城楼》注 3。乾元元年二月，叛军伪北海节度使能元皓请降。仙仗：指皇帝仪仗。崆峒：见《自京赴奉先县咏怀五百字》注 39。肃宗即位前北赴灵武路经崆峒山。这句是说不能忘记当初开创中兴之业的艰难。

7 三年：指自天宝十四载（755）十一月战乱爆发以来，已经三年有馀。关山月：乐府横吹曲调名，表现戍卒从军怀乡之情。万国：犹言万方，指各地。草木风：《晋书·苻坚载纪》载：苻坚与苻融登城望晋师，见部阵整齐，将士精锐，又北望八公山上，草木皆类人形。此用其意，言战乱以来人民饱受灾难，处处草木皆兵。

8 成王：收复两京时李俶为天下兵马元帅，乾元元年三月封为成王，五月立为太子。后即位，即唐代宗。心转小：言态度更加谨慎小心。郭相：郭子仪，天宝十五载八月以郭子仪为兵部尚书、同中书门下平章事，至德二载四月进位司空，又降为左仆射，乾元元年七月进位中书令。

9　司徒：李光弼，其先契丹酋长。安史之乱爆发后，率朔方军出井陉，下常山，与史思明战于河东，至德二载四月为司徒、太原尹，十二月封蓟国公，乾元元年八月加侍中。清鉴：精于鉴识人物。李光弼曾逆料史思明诈降，必再反。尚书：王思礼，高丽人。肃宗即位后除关内节度使，收复两京后迁户部尚书、霍国公。杳：深远。

10　整顿乾坤：拯救国家。济时了：完成救国之业。

11　东走、南飞：安史叛军攻占两京时，中原百姓士人纷纷往东南地区避难。忆鲈鱼：《晋书·张翰传》载：翰为齐王东曹掾，因见秋风起，乃思吴中菰菜、莼羹、鲈鱼脍，曰："人生贵得适志，何能羁宦数千里以要名爵乎！"遂命驾而归。此反用其典，谓避难人士当不再东走如张翰。安巢鸟：喻百姓可以暂得安息。

12　青春：春天。冠冕：指朝官。紫禁：皇宫。古以紫微星垣为帝位所居。耐：相称，相宜。烟花：皇宫殿前设香炉熏烟。这两句写长安收复后百官入朝。

13　鹤驾：太子车驾。《列仙传》载：周灵王太子晋乘白鹤驻缑氏山头仙去，后因称太子车驾为鹤驾。凤辇：皇帝车驾。问寝：清晨请安。龙楼：太子之宫。《汉书·成帝纪》："上尝急召，太子出龙楼门，不敢绝驰道。"肃宗即位后，尊玄宗为上皇。至德二载十二月，迎上皇自蜀中还长安，驻兴庆宫。这两句言肃宗到玄宗居处请安，行太子之礼。肃宗即位诏有“导銮舆而反正，朝寝门以问安，朕愿毕矣”语，上皇返京后亦表示请归东宫。诗意据此言。清浦起龙谓“鹤驾”指太子李俶，“凤辇”方指肃宗，“龙楼”指玄宗所居，有乖典实，不足据。此句不应扯进李俶，“凤辇”与“鹤驾”复言，亦表示肃宗的双重身份，“龙楼晓”言太子问安之急切。

14 攀龙附凤：《后汉书·光武帝纪》：“攀龙鳞，附凤翼。”此指肃宗左右之人。为侯王：至德二载十二月下诏，蜀中、灵武元从功臣十多人晋爵国公、县公，包括肃宗亲近宦官李辅国。

15 蒙帝力：蒙受皇帝恩惠。《太平御览》卷八十引《帝王世纪》载老人之言：“吾日出而作，日入而息，凿井而饮，耕田而食，帝力何有于我哉。”时来：谓遇到好的时机。身：自身。这两句直接斥责攀龙附凤之辈。

16 萧丞相：汉萧何为刘邦经营关中，后封为丞相。清钱谦益认为此句以萧何喻房琯，因房琯自蜀奉传国宝及玉册至灵武传位，并留相肃宗。房琯至德二载五月罢相，乾元元年六月贬邠州。张子房：汉张良字子房，为刘邦画策。钱谦益认为此喻张镐。张镐徒步扈从玄宗入蜀，遣赴行在，拜谏议大夫，代房琯为相，乾元元年五月罢相，出为荆州长史。

17 张公：张镐。张镐隐居终南山三十年，天宝十四载始以褐衣召见。江海客：指张镐以布衣出身。

18　风云会：《周易·乾卦·文言》："云从龙，风从虎。"后以喻君臣遇合。扶颠：救助国家于颠危之中。张镐在相位密表奏史思明伪言归顺，不可以威权假之；又奏许叔冀多诈，临难必变。肃宗不喜，故罢相。后思明果反，叔冀果降思明。故杜甫称其"筹策良"。

19　青袍白马：梁侯景作乱，时童谣有"青丝白马寿阳来"语。后侯景果乘白马，兵皆青衣。此喻安史叛军。后汉：东汉。今周：指周宣王。东汉光武帝中兴、周宣王中兴，均喻唐肃宗。

20　"寸地"二句：言天下无处不入贡、献祥瑞。

21　白环：《竹书纪年》载：帝舜九年，西王母来朝，献白环、玉玦。银瓮：山出银瓮，古以为祥瑞。《初学记》卷二七引《瑞应图》："王者宴不及醉，刑罚中，人不为非，则银瓮出。"

22　紫芝曲：秦末四皓隐居商山，作歌，有"晔晔紫芝，可以疗饥"句。清河颂：《拾遗记》卷一："黄河千年一清，至圣之君，以为大瑞。"宋元嘉中，河济俱清，鲍照作《河清颂》。

23　望望：频望，表示切盼。布谷：布谷鸟，谷雨后始鸣，鸣声如"布谷"。

24　淇上：淇水流经卫地，在邺城南。健儿：兵士。

25　挽天河：引天河之水。

【解读】

自安史叛乱爆发以来，杜甫始终关注战局，并直接在诗中分析局势、表达政见，这首《洗兵马》是其中的代表作。有关此诗的主题，宋人谓："闻捷书之作，其喜气乃可掬。"（张戒《岁寒堂诗话》）但清钱谦益笺注却称："刺肃宗也。刺其不能尽子道，且不能信任父之贤臣，以致太平。"玄肃父子的矛盾，是唐史上一大公案。钱注号称以史证诗，专从此处着眼，难免深文附会之弊。此诗首叙势如破竹之胜局，接写中兴诸将之功劳；然后写龙楼问寝，归美帝力，再写奇祥异瑞、河清可待。全诗一气贯注，主旨乃在祝捷颂美，表达了朝野上下对两京收复的喜悦和对唐室中兴的期望。此诗的喜气，发自作者内心，对中兴诸将和二三豪杰的赞美是由衷的，对整个局势和肃宗功业的评价自然也是以正面为主。当然，此诗是纵览全局之篇，涉及战局和朝政的方方面面，篇中并非一味赞美，同时也有批评和建议。但这些批评建议，也是直话直说。如在"已喜皇威清海岱"一句后补以"常思仙仗过崆峒"，告诫肃宗要居安思危，用语很有分寸，但含意并不隐晦。接下来更直斥"攀龙附凤"之辈，表达了直言的勇气，但并没有想在字里行间暗布机杼。作为诗人，杜甫与其他唐诗人大多同样爽直，喜怒哀乐毕见于诗。唯一不同的是，杜甫的喜怒哀乐与时代脉搏联系得更为紧密。随着战局的变化，诗人的情绪时而激愤，时而高昂，诗的格调也随之变化。这正是杜诗"诗史"性质的具体表现。但杜诗的这种爽直和直接目击历史的真实，在注家对所谓“讽兴”之义的片面强调下，往往失真或被扭曲。

新安吏[1]

客行新安道，喧呼闻点兵。
借问新安吏，县小更无丁[2]？
府帖昨夜下，次选中男行[3]。
中男绝短小，何以守王城[4]？
肥男有母送，瘦男独伶俜[5]。
白水暮东流[6]，青山犹哭声。
莫自使眼枯[7]，收汝泪纵横。
眼枯即见骨，天地终无情。
我军取相州，日夕望其平[8]。
岂意贼难料，归军星散营[9]。
就粮近故垒，练卒依旧京[10]。
掘壕不到水，牧马役亦轻[11]。
况乃王师顺，抚养甚分明[12]。
送行勿泣血，仆射如父兄[13]。

【注释】

1　原注：“收京后作。虽收两京，贼犹充斥。”乾元二年（759）二月，郭子仪、李光弼、王思礼等九节度使围安庆绪于邺城，史思明自魏州来救。三月三日，唐军与叛军决战，唐军溃败，郭子仪以朔方军断河阳桥，保东京。诸节度各溃归本镇。东京士庶惊骇，散奔山谷。时杜甫自洛阳返华州，沿途目睹危殆战局下人民所遭受的巨大苦难，写成此篇及《潼关吏》、《石壕吏》、《新婚别》、《垂老别》、《无家别》，合称“三吏三别”。新安，县名，今属河南，在洛阳西。

2　更：岂。丁：丁男，成年男子。更无丁即岂无丁。此句乃“客”问吏：难道没有成年男丁了么？

3　府帖：指诸府所行征兵文书。中男：《旧唐书·食货志》载天宝三年制：民十八以上为中男，二十二以上为丁。这两句是吏的回答。

4　绝：极。王城：指洛阳。

5　伶俜（líng pīng）：孤单。

6　白水：指黄河，流经新安北。

7　眼枯：眼瞎。白居易《秦吉了》：“鸢捎乳燕一窠覆，乌啄母鸡双眼枯。”流泪至眼枯，极言其悲伤。

8　相州：即邺城，今河南安阳。平：克复。九节度使围邺城，壅漳水灌城，城中食尽，一鼠值钱四千，本以为攻克在即。

9　“岂意”二句：言邺城之败，诸军溃散归本镇。

10　“就粮”句：就食于旧营地。练卒：训练士兵。旧京：指东京洛阳。这两句说出征者不会远行，是安慰之词。

11　不到水：言掘壕不深。这两句言掘壕、牧马而有意讳言作战，也是安慰之词。

12　王师顺：唐王朝的军队是正义的。抚养：照料供养。

13　泣血：《易·屯卦》："泣血涟如。"形容悲伤流泪之甚。仆射（yè）：指郭子仪。曾官左仆射。见《洗兵马》注 8。

【解读】

邺城之败使战局陡然逆转，也使身陷战争苦难的广大人民被迫付出更惨痛的牺牲。本来自战乱爆发以来，杜甫一直在鼓舞人民士气，支持唐王朝的平叛战争。但此时亲眼目睹战区人民行役赴死、几乎无力支撑的状况，诗人在继续劝勉人民的同时，对人民承受的苦难再也无法保持沉默。他不得不面对这种历史的两难处境，在"三吏三别"这组诗中，不能不同时表现两种社会矛盾：一是唐王朝及其人民对叛军的战争，一是唐王朝对自己人民的压榨。现实固然无力改变（"天地终无情"），但人民遭受苦难的残酷程度也不能不记录在案。将这两种社会矛盾重叠在一起，真实地记述历史的复杂局面，使得这组诗不但超越了杜甫以前的创作，也达到了一种几乎无人企及的历史深度。

《新安吏》由于同时涉及这两种矛盾，在这组诗中最有代表性。此诗前半写征兵场面，连未成年的"中男"也被拉上战场。后面是诗人的劝慰之词。在解释完战局后，他一再宽慰众人，说应征者不会远行，只是去掘壕、牧马，故意避重就轻，讳言作战和死亡。这一大段劝解之词可谓煞费苦心，但宽慰之词不这样讲又能怎样呢？我们从中除了可以看出作者在自觉履行其为官责任外，更可以体会到他对人民的真切理解和同情，而不只是怜悯。支持他这样做的最重要原因，则是他坚信“王师顺”这一点，相信平定叛乱是唐王朝和人民的最大利益所在。

潼关吏[1]

士卒何草草[2]，筑城潼关道。
大城铁不如，小城万丈馀[3]。
借问潼关吏，修关还备胡[4]？
要我下马行，为我指山隅[5]。
连云列战格[6]，飞鸟不能逾。
胡来但自守，岂复忧西都[7]。
丈人视要处，窄狭容单车[8]。
艰难奋长戟，万古用一夫[9]。
哀哉桃林战，百万化为鱼[10]。
请嘱防关将，慎勿学哥舒[11]。

【注释】

1　潼关：在今陕西潼关东北，是进入关中的关口。邺城败后，因担心洛阳失守，叛军进攻长安，唐军又在潼关加修防御工事。

2　草草：劳苦忙碌貌。

3　铁不如：即比铁还要坚固。万丈馀：城筑于山上，故称万丈，言其高。

4　还备胡：因此前安史叛军曾攻陷潼关，故称“还”。

5　要（yāo）：即邀。山隅：山角。

6　战格：防御的栅栏。

7　西都：长安。

8　丈人：关吏称呼作者。要处：要害之处。容单车：只能容一辆车通过。

9　用一夫：一夫可以把守。张载《剑阁铭》：“一夫荷戟，万夫趦趄。”

10　桃林：自陕州灵宝县（今河南灵宝）以西至潼关，古称桃林塞。这两句指哥舒翰失守潼关之战。

11　哥舒：哥舒翰。见《北征》注 28。以上四句为诗人告诫之词。

【解读】

杜甫自新安西行，即进入潼关。潼关也在忙着筑城，可见邺城之败震动之大。此诗的主题相对单纯，通过关吏之口交待当地备战情况，表明唐军已做好充分准备，对抵御叛军有充足自信。但诗人对此仍不放心，又回顾了潼关曾经失守的惨痛教训，对防关将提出谆谆告诫。两人的对话生动真切，真实传达出当时的紧张气氛。筑城防关的种种措施应当是完备的，关吏的自信也是有充分根据的。但诗人慎之又慎的态度，则反映了经历一连串灾难和失利后人们的普遍心情，在严峻战局下人们也需要时时这样相互提醒。

石壕吏[1]

暮投石壕村[2]，有吏夜捉人。
老翁逾墙走，老妇出门看。
吏呼一何怒，妇啼一何苦[3]。
听妇前致词，三男邺城戍[4]。
一男附书至[5]，二男新战死。
存者且偷生，死者长已矣。
室中更无人，惟有乳下孙[6]。
有孙母未去，出入无完裙。
老妪力虽衰[7]，请从吏夜归。
急应河阳役[8]，犹得备晨炊。
夜久语声绝，如闻泣幽咽。
天明登前途，独与老翁别[9]。

【注释】

1　石壕：即石壕村。据宋王应麟《困学纪闻》考证，即陕州陕县石壕镇，今河南陕县英豪镇。

2　投：投宿。

3　一何：何其。

4　邺城戍：邺城之战，见《新安吏》注1。

5 附书：捎信。

6 乳下孙：尚在哺乳中的孙儿。

7 老妪（yù）：老妇。

8 河阳：即孟州，今属河南，在黄河北岸。邺城败后郭子仪退守河阳。

9 “独与”句：暗示老妇已随吏应役而去。

【解读】

《石壕吏》是“三吏三别”中最为感人的篇章，也是杜诗中叙事艺术最为杰出的作品。此诗所写的夜投石壕村的故事，当是作者亲身经历。诗中从夜闻对话到天明独别等一连串情节，讲述了一段完整的生活故事，真实反映了老翁一家的悲惨遭遇，也借此概括了无数人家在战争中遭受的巨大痛苦和牺牲。恶吏夜捕、老翁逾墙，事件已乖常情。接下来老妇对吏哭诉，一诉三男赴征、二男战死，再诉幼孙待哺、母无完裙。一家人遭遇竟如此凄惨，怎不令闻者心惊！而哭诉并没有换来同情，老妇竟自请应役，随吏而去。所有这些情节，是如此有违常理，有违人情，也有违唐王朝自己的征役规定。但发生在当时场景下，却是再真实不过。作者将所有这些情节均放置在“夜闻”这样一个叙事结构中，诗中的每一个情节、每一句话都有很多潜台词，极富包蕴性和暗示性。甚至这个看起来匠心独运的情节设置，也完全来自生活真实，是作者这种身份的人“碰巧”遇上，在他所走的这条路上也几乎是不能不遇上的。明人胡夏客说："《新安》、《石壕》、《新婚》、《垂老》诸诗，述军兴之调发，写民情之怨哀，详矣。然作者之意又不止于此。国家不幸多事，犹幸有缮兵中兴之主，上能用其民，下能应其命，至杀身弃家不顾，以成一时恢复之功。故娓娓言之，义合风雅，不为诽谤耳。若势极危亡，一人束手，四海离心，则不可道已。"在非常局势下发生这种非常故事，正显示出这种历史的真实和无奈。也正是在这种背景下，尽管作者写老翁一家的遭遇充满同情，却并没有太多表现吏如何凶恶（当然也就没有很多谴责），甚至赞许老妇应役是深明大义之举。因而这首诗也并不是单纯表现民之"怨哀"，而是包含了更多的历史内容。在民与吏（以及由他所代表的国家）尖锐冲突的背后，还有他们（包括作者）此时在立场和根本利益上的一致。这与作者在《新安吏》中表明的态度是一致的。

新婚别

兔丝附蓬麻，引蔓故不长[1]。
嫁女与征夫，不如弃路旁。
结发为妻子，席不暖君床[2]。
暮婚晨告别，无乃太匆忙[3]。
君行虽不远，守边赴河阳[4]。
妾身未分明，何以拜姑嫜[5]？
父母养我时，日夜令我藏[6]。
生女有所归，鸡狗亦得将[7]。
君今往死地，沉痛迫中肠。
誓欲随君去，形势反苍黄[8]。
勿为新婚念，努力事戎行[9]。
妇人在军中，兵气恐不扬[10]。
自嗟贫家女，久致罗襦裳[11]。
罗襦不复施，对君洗红妆[12]。
仰视百鸟飞，大小必双翔。
人事多错迕[13]，与君永相望。

【注释】

1　兔丝：即菟丝子，蔓生，常缠生于其他植物。《古诗十九首》：“冉冉孤生竹，结根泰山阿。与君为新婚，兔丝附女萝。”这两句由此化出。蓬、麻植株短小，故兔丝缠附其上引蔓不长。以喻婚期不长。

2　结发：古代男年二十、女年十五为成人，行笄冠之仪，用簪结发。《文选》苏武诗：“结发为夫妻，恩爱两不疑。”“席不”句：即“君床席不暖”，言同居之短。

3　无乃：岂不是。

4　河阳：孟州。见《石壕吏》注8。

5　未分明：按照古代礼法，新妇于婚后三天祭家庙，拜公婆，婚礼已毕，名分始定。今暮婚晨别，故言其身份未明。姑嫜（zhāng）：姑是公婆，嫜是公公。

6　令我藏：指女子未出嫁时深居闺中，不与外人相见。

7　有所归：古称女子出嫁为归。《诗经·召南·江有汜》：“之子归，不我以。”郑玄笺：“妇人谓嫁曰归。”将：与。此句用俗谚。《埤雅》：“嫁鸡与之飞，嫁狗与之走。”

8　苍黄：同仓皇。匆忙。

9　戎行：指作战。

10　“妇人”二句：古以为女子随军影响士气。《汉书·李陵传》：“吾士气少衰而鼓不起者何也？军中岂有女子乎？……陵搜得皆剑斩之。”

11　罗：丝织品。襦（rú）：短衣。裳：下衣。这两句言家贫置办嫁衣不易。

12　洗红妆：洗去妆饰。

13　错迕（wǔ）：乖错不谐。

【解读】

与“三吏”写法不同，“三别”所叙故事均无明确地点，均采用第一人称代言体。这种写法更多地借鉴了乐府民间叙事诗，塑造了一个个带有虚构性的主人公形象，而这些主人公很明显代表了具有类似遭遇的无数人们。但与民间叙事诗背景相对模糊不同，“三别”中的人物故事又被设定发生于邺城之败后的特殊背景下，是杜甫这样的文人根据亲身闻见通过艺术加工写成的（民间作品通常不会有这种写法）。这首《新婚别》很明显带有这种艺术虚构性，作者将新婚故事安放在大战乱的背景下，并设置了暮婚晨别这样的极端化情节，主要是为了使家庭离散的悲剧性更为突出，说明战争给人民带来的苦难是何等严重。这样的情节设置，同时也是为了完成深明大义的新妇这个人物形象的塑造。此诗全篇都由新妇对新郎的述说构成，面对离别，新妇的陈述先是怨恨沉痛，转而就以义相激自誓，句句铿锵有力。这样的人物形象与杜甫劝勉人民支持平叛斗争的思想动机是完全符合的。为了使这个人物形象真实可信，作者还补充了许多与新妇身份切合的细节内容，使作品具有更强的生活实感。但不可避免的类型化处理，也使新妇形象的社会身份相对模糊。

垂老别

四郊未宁静[1]，垂老不得安。
子孙阵亡尽，焉用身独完[2]？
投杖出门去，同行为辛酸。
幸有牙齿存，所悲骨髓干。
男儿既介胄，长揖别上官[3]。
老妻卧路啼，岁暮衣裳单。
孰知是死别，且复伤其寒[4]。
此去必不归，还闻劝加餐[5]。
土门壁甚坚，杏园度亦难[6]。
势异邺城下，纵死时犹宽[7]。
人生有离合，岂择衰盛端[8]？
忆昔少壮日，迟回竟长叹[9]。
万国尽征戍，烽火被岗峦[10]。
积尸草木腥，流血川原丹。
何乡为乐土，安敢尚盘桓[11]？
弃绝蓬室居，塌然摧肺肝[12]。

【注释】

1　四郊：都城之外为四郊，此泛指四方。《礼记·曲礼上》："四郊多垒，此卿大夫之辱也。"

2　身：自己，自身。

3　介胄：介为甲衣，胄为头盔，指戎装。长揖：揖为拱手之礼，长揖即深施拱手之礼。此指军礼。《史记·绛侯世家》："亚夫持兵揖曰：介胄之士不拜。"上官：长官。此指地方官。

4　孰知：即熟知，深知。孰通熟。这两句说明明知道此去是死别，但暂且关心其衣单寒冷。

5　加餐：劝慰对方保重之词。《古诗十九首》："弃捐无复道，努力加餐饭。"

6　土门：地点不详，当在河阳附近。旧注谓指井陉口，道里相距太远。杏园：在汲县（今河南卫辉）东南，为黄河渡口。这两句谓两处要隘，敌军难以突破。

7　邺城下：邺城之战，见《新安吏》注1。这四句为老翁自我宽慰之词，谓此去作战与邺城之战不同，纵有死亡威胁尚有宽缓时间。

8　衰盛：指年纪衰盛。端：表示"……的情况"，词义虚化。

9　迟回：徘徊。

10　万国：万方，各地。被岗峦：遍布岗峦。

11　乐土：《诗经·魏风·硕鼠》："逝将去汝，适彼乐土。"指幸福快乐的地方。盘桓：徘徊逗留。

12　蓬室：茅草房。指老人所居。塌然：犹颓然。

【解读】

尽管杜甫始终坚持劝勉民众的基本态度，但他的内心感受复杂而动荡，逼迫他不能不展示亲眼目睹的战争悲剧。这首《垂老别》的悲剧气氛更为强烈，其主人公是一位“子孙阵亡尽”而自己又被征役（由此可以理解《石壕吏》中老翁为何“逾墙走”）、与妻子面临生死之别的老人。在这个故事中，作者已没有劝慰的馀地，不像在《新安吏》中那样还虚言掘壕、牧马，而是沉痛宣称“孰知是死别”、“此去必不归”。诗中也有一些安慰、宽缓之词，如“且复伤其寒”、“还闻劝加餐”、“势异邺城下，纵死时犹宽”。但不同于《新安吏》中旁者的劝慰，这些话均出自当事人双方之口，说明置身灾难之中的人民早已别无选择，对灾难的接受已变得相对平和坦然，将其视为不得不面对的生活事件。这种描写也来自作者对人民生活态度的真实体验。

无家别

寂寞天宝后，园庐但蒿藜[1]。
我里百馀家[2]，世乱各东西。
存者无消息，死者为尘泥。
贱子因阵败，归来寻旧蹊[3]。
久行见空巷，日瘦气惨凄[4]。
但对狐与狸，竖毛怒我啼[5]。
四邻何所有？一二老寡妻。
宿鸟恋本枝，安辞且穷栖[6]。
方春独荷锄，日暮还灌畦[7]。
县吏知我至，召令习鼓鞞[8]。
虽从本州役，内顾无所携[9]。
近行止一身，远去终转迷[10]。
家乡既荡尽，远近理亦齐[11]。
永痛长病母，五年委沟谿[12]。
生我不得力，终身两酸嘶[13]。
人生无家别，何以为蒸黎[14]？

【注释】

1 天宝：唐玄宗年号（742—756），天宝十四载

（755）十一月，安史之乱爆发。园庐：家园。庐指庐室。蒿藜：野生杂草。

2　里：乡里。唐制百户为里。

3　贱子：下位者自称。此为诗中主人公自称。阵败：指邺城之战溃败。旧蹊：旧路。

4　日瘦：形容日光暗淡。

5　狐与狸：狐即今日所称狐狸，属犬科。狸又称狸猫、山猫，属猫科。但古人常狐狸连称，以为同类。我啼：即啼我。

6　恋本枝：喻人眷恋本乡。《古诗十九首》："胡马依北风，越鸟巢南枝。"安辞：怎能辞别。

7　灌畦：浇灌菜园。

8　习鼓鼙（pí）：指操练军事。鼙为骑鼓。

9　本州役：在本州服役。内顾：回顾家中。无所携：无所牵挂。此句谓家中无妻室。

10　终转迷：谓不知归宿何在。

11　齐：相同。这两句说家乡既已不存，近行远走也都一样。

12　委沟谿：死于野外。谿，同"溪"。这两句说令自己永久哀痛的是，长病的母亲不知死在何处，已经五年了。五年，指安史之乱爆发至今（乾元二年，759）。

13　不得力：谓母亲没有得到自己奉养。酸嘶：心酸痛哭。此句谓母子二人终身遗恨。

14　蒸黎：蒸民、黎民。《诗经·大雅·荡》："天生烝民。”《诗经·大雅·云汉》：“周馀黎民。”

【解读】

这首诗描写一个阵败回家的士兵，妻死母亡，乡里无存，又被县吏召去服役，以致落入无家可别的凄惨境地。在“三吏三别”组诗的最后，作者展示了这样一幅乡里无存、田园无存、家人无存的悲惨场景，所关注的已不再是邺城之败这样一次具体事件，而是持续五年的战争给社会造成的极大破坏。主人公最后发出“人生无家别，何以为蒸黎”的悲叹，说出了无数人在那个时代不知何以为生的绝望感情。“三别”在采用代言体之时，作者的思想情绪也愈来愈深入于广大民众的内心感受，更多地表达了民众的心声。

秦州杂诗二十首（选四）[1]

其　一

满目悲生事，因人作远游。
迟回度陇怯，浩荡及关愁[2]。
水落鱼龙夜，山空鸟鼠秋[3]。
西征问烽火，心折此淹留[4]。

【注释】

1　秦州：唐属陇右道，今甘肃天水。乾元二年（759）秋，杜甫自华州弃官，移家秦州。

2　迟回：徘徊。陇：陇山，又名陇坂，其坂高九回，绵延于今陕西宝鸡、陇县至甘肃清水、秦安、天水。关：指陇关，又称大震关，在今陕西陇县西陇山下。

3　鱼龙：鱼龙川，今名北河。源出陇县西北，南流至陇县东，入于汧水。河中出五色鱼，俗以为龙，莫敢采捕。鸟鼠：鸟鼠山，在渭州渭源县（今甘肃渭源）西十六里，传说有鸟鼠同穴。

4　西征：西行。问烽火：陇右一带有吐蕃进扰，故担心有战事发生。心折：心惊。江淹《恨赋》："心折骨惊。"乃"骨折心惊"之变文，后人遂沿用。淹留：滞留。

其　四

鼓角缘边郡[1]，川原欲夜时。
秋听殷地发，风散入云悲[2]。
抱叶寒蝉静，归山独鸟迟。
万方声一概，吾道竟何之[3]？

【注释】

1　缘边郡：谓鼓角声环绕边郡。边郡指秦州。

2　殷地：震地。这两句承前而来，谓鼓声震地，角声入云。

3　声一概：谓处处均闻鼓角之声（即处处有战事）。一概，一样，同样。吾道：《论语·里仁》：“吾道一以贯之。”这里一语双关，既指自己眼下的去向，又指自己的人生目标、道路。何之：往何处去。

其　七

莽莽万重山，孤城山谷间[1]。
无风云出塞，不夜月临关[2]。
属国归何晚，楼兰斩未还[3]。

烟尘一长望，衰飒正摧颜[4]。

【注释】

1 莽莽：无涯际貌。孤城：指秦州城。

2 “无风”二句：写秦州气候风景殊异，高空云动而不觉有风，夜未降而月已出。关、塞互文，指陇山一带关隘。

3 属国：汉苏武出使匈奴，留十九年，回国后官典属国。楼兰：汉傅介子出使至楼兰国，诱斩楼兰王。这两句当指唐派遣的外交使者，尚无音信。

4 衰飒：衰败，衰老。摧颜：容貌因忧愁而衰老。

其二十

唐尧真自圣，野老复何知[1]？
晒药能无妇，应门亦有儿[2]。
藏书闻禹穴，读记忆仇池[3]。
为报鸳行旧，鹪鹩在一枝[4]。

【注释】

1 唐尧：即尧，上古圣君。此代指当朝皇帝，即唐肃宗。圣：圣明，英明。野老：杜甫自称。复何知：《列子·仲尼》：“尧治天下五十年，不知天下治欤？不治欤？……问左右，左右不知。问外朝，外朝不知。问在野，在野不知。”此化用其意。

2　晒药：晒制药材。杜甫诗中常提到采药、种药、卖药，可见懂医术。能无妇：岂无妇。妇指妻子。应门：看门应对客人。

3　禹穴：传说有二，一在绍兴会稽山，为大禹藏书处；一在陕西旬阳县东。记：此指山水地理记载，唐前通以记命名。仇池：山名，在成州同谷县（今甘肃成县）西。山上有池，泉流交汇。这两句言欲访当地名胜，禹穴一句为陪衬，作者实欲往居同谷，故言及仇池。

4　鸳行旧：朝中故旧。鸳行，鸳通鹓，指朝班，排列如鹓鹭之行。鹪鹩（jiāo liáo）：一种小鸟。《庄子·逍遥游》：“鹪鹩巢于深林，不过一枝。”此喻自己处境。

【解读】

杜甫自左拾遗贬官华州司功参军，在任仅一年，乾元二年（759）秋，终于弃官西走秦州。这是他生活的又一重要转折点，从此又开始了十年的漂泊生活。《新唐书·杜甫传》的记载称：“关辅饥，辄弃官去。”生活所迫可能是重要原因，东部是战区，南方道路不通，西去是唯一选择。此诗虽说“因人作远游”，似乎有所投靠，但到秦州后的情况却更为困窘。这组诗题曰“杂诗”，内容包括时事、风土、人情各个方面，主要还是以写自己心情为主。首章开篇“满目悲生事”，一个“悲”字概括了组诗、也是作者这一时期的情绪。西行景物荒凉，是所谓羌戎杂居之地，自然影响到诗人心情。但战局反复、万方不宁，才是诗人悲伤的更重要原因。西行避乱，而边郡同样烽火不断，鼓角相闻，所以诗人不禁有途穷之感，发出“吾道竟何之”的感慨。“莽莽万重山”一首，专言西部边事，忧心吐蕃侵扰，说明唐王朝在失去军事优势后不得不面对多方外部强敌的压力。在组诗的最后，作者言及对朝政的看法和自己的生活选择。他自称“野老”（在《哀江头》中也曾自称“野老”，但和那时的感情大不相同），对“唐尧”之事已不问不知；与旧日鸳鹭行中的同僚也隔如霄壤，甘心做栖息卑枝的小鸟。有儿有妇，晒药隐居，便聊以自慰。这些话里含有自嘲，同时也透露出对朝政的失望和遭贬黜以来的愤慨。

梦李白二首[1]

死别已吞声，生别常恻恻[2]。
江南瘴疠地，逐客无消息[3]。
故人入我梦，明我长相忆[4]。
恐非平生魂，路远不可测[5]。
魂来枫林青，魂返关塞黑[6]。
君今在罗网，何以有羽翼[7]？
落月满屋梁，犹疑照颜色[8]。
水深波浪阔，无使蛟龙得[9]。

【注释】

1　天宝十五载（756）玄宗幸蜀途中，命永王李璘（玄宗十六子）为江淮兵马都督、扬州节度大使，李白在宣州受辟为永王幕府僚佐。肃宗即位后以叛乱罪讨伐李璘，至德二载（757）璘兵败，李白坐系浔阳狱，乾元元年（758）长流夜郎，二年（759）遇赦得还。杜甫不知李白遇赦消息，因梦作此诗。

2　已吞声：止于吞声。恻恻：悲痛貌。这两句说死别止于吞声哭泣，生别却悲痛不止。

3　瘴疠地：南方潮湿，古以为有瘴气，流行疾疫。逐客：指李白长流夜郎。

4　“故人”二句：古人以为昼想夜梦，梦与想有关。这两句说，梦见故人说明我常常忆念他。

5　平生魂：古人以为人在梦中相见乃魂魄相遇。不可测：不知生死。因杜甫此时不知李白生死，故这两句表示担心梦中所见非李白生魂。

6　枫林：指江南景物。为李白所在。语本《楚辞·招魂》：“湛湛江水兮上有枫，目极千里兮伤春心，魂兮归来哀江南。”关塞：指秦州关陇地区，杜甫所在。

7　“君今”二句：言李白系狱、被流放如鸟处罗网，如何魂魄能生羽翼而飞来。

8　“落月”二句：这两句写梦醒后所见，月色之下梦中故人容貌犹在目前。

9　“水深”二句：这两句祝愿李白的魂魄能平安返回，不为水中蛟龙所得。

浮云终日行，游子久不至[1]。
三夜频梦君，情亲见君意[2]。
告归常局促，苦道来不易[3]。
江湖多风波，舟楫恐失坠[4]。
出门搔白首，若负平生志[5]。
冠盖满京华，斯人独憔悴[6]。
孰云网恢恢，将老身反累[7]？

千秋万岁名，寂寞身后事[8]。

【注释】

1 “浮云”二句：语本《古诗十九首》：“浮云蔽白日，游子不顾反。”《文选》李善注等释此诗，均以浮云蔽日喻明君为奸佞所蒙蔽。此言李白如游子久不返，亦是由贤佞不分的现实所造成的。

2 “三夜”二句：言李白频来入梦，可见李白对自己情意亲切。君，指李白。

3 “告归”二句：言梦中情景，李白总是匆忙告归。局促，匆忙不安。苦道，极言，一再说。

4 “江湖”二句：也是梦中闻李白所说。失坠，失落。

5 “出门”二句：写梦中所见李白告别时的情景。搔首，心绪烦乱的样子。《诗经·邶风·静女》：“爱而不见，搔首踟蹰。”

6 冠盖：冠服与车盖，指达官显贵。斯人：此人，指李白。

7 网恢恢：《老子》七十三章：“天网恢恢，疏而不漏。”二句对李白身将老而陷法网深感不平，故发此疑问。

8 “千秋”二句：语本阮籍《咏怀》：“千秋万岁后，荣名安所之。”谓李白即便名垂千古，也是身后寂寞之事，无补于生前困厄。

【解读】

安史战乱改变了无数人的命运，使无数亲人离散、友朋隔绝。杜甫在流离之中写了大量忆旧怀友之作，其中最令他挂念、写来最动人的又是李白。这两首诗因梦而作，几乎全部为梦境的真实描绘和梦醒后的清醒反思，感觉不到有何特殊的艺术加工。古人早有“昼想夜梦，神形所遇”（《列子·周穆王》）之说，这类有关梦的观念被诗人融入到他对梦的描写和解释中。诗人在第一首中明白分析了故人入梦的原因，又因梦而对故人的生死更加担心，对为何故人之魂梦中能来感到怀疑，最后只好祝愿故人之魂能平安返回。这在今人看来也许属于不经，但却是古人观念的真实表现，是唐人所作“梦的解析”。不管“解析”的观念背景如何，它同样真实地展现了梦者的深层精神世界，说明了梦者对故人的深情厚意。第二首前半是梦境的具体描绘，故人的形貌言谈是梦中的，但也是只属于那个李白的，接下来则是对李白命运的感叹。我们在文学作品中经常看到借梦写想、托梦写真、对梦加以演绎的手法，杜甫这样写真实的梦，表现完全真实的思想情感活动，则是另一种朴素的写法。

天末怀李白[1]

凉风起天末，君子意如何[2]？
鸿雁几时到？江湖秋水多[3]。
文章憎命达，魑魅喜人过[4]。
应共冤魂语，投诗赠汨罗[5]。

【注释】

1　天末：犹言天边。指秦州，为唐之西北边郡。

2　“凉风”二句：写作者在秦州边地怀念李白。君子，指李白。

3　鸿雁：古有鸿雁传书之说。《汉书·苏武传》载：苏武被系匈奴，汉使告匈奴单于：“天子射上林中，得雁，足有系帛书，言武等在某泽中。”单于不得已遣苏武还汉。这两句说江湖路远，久不得李白书信。

4　命达：命运通达。这句谓文章讨厌那些命运通达的人，也就是说那些达官显贵是写不出好文章的。魑魅（chī mèi）：山泽的神怪。这句是说李白流放夜郎之路是魑魅之乡，喜人经过，要多加提防。

5　汨（mì）罗：汨罗江，在湖南湘阴北。屈原被流放，投汨罗江而死。这两句设想李白流放路经楚地，当投诗汨罗，凭吊屈原之冤魂。

【解读】

这首诗与《梦李白二首》同为在秦州时期怀念李白之作。除了表达对李白思念之深外，诗中“文章憎命达”一句慨叹诗人李白的不幸遭遇，也是对诗人普遍命运的一种概括。除了李白，诗中还提到屈原。凭着对李白的了解，作者相信李白一定会引屈原为同调，他们的遭遇有很多相似之处。除了李白与屈原，诗人在满含激愤与痛楚写下这一句时，一定还想到了自己，想到自己眼下的处境。正是凭着对自己的了解，作者相信自己深深地理解李白和屈原。这一句饱含了愤慨，也洋溢着诗人对自己艺术才能的自负，是聊以自慰的开解之词，但也道出了古往今来成就伟大诗人的一种普遍现象。所以，此后韩愈大谈“不平则鸣”，白居易称“诗人多蹇”，宋人则由“诗能穷人”进而演绎为“穷而后工”。直到今天，还是谈论诗与诗人时的一个永恒话题。

佳人

绝代有佳人[1]，幽居在空谷。
自云良家女，零落依草木[2]。
关中昔丧乱，兄弟遭杀戮[3]。
官高何足论，不得收骨肉[4]。
世情恶衰歇，万事随转烛[5]。
夫婿轻薄儿，新人美如玉[6]。
合昏尚知时，鸳鸯不独宿[7]。
但见新人笑，那闻旧人哭。
在山泉水清，出山泉水浊[8]。
侍婢卖珠回，牵萝补茅屋。
摘花不插发，采柏动盈掬[9]。
天寒翠袖薄，日暮倚修竹[10]。

【注释】

1 绝代：绝世，言举世无双。佳人：美人。

2 零落：飘零。依草木：依草木而居。

3 “关中”句：指安史叛军攻陷长安。

4 官高：指佳人出身高官。收骨肉：收敛亲人尸骨。

5 世情：世俗之情。衰歇：此指家势衰败。转烛：

烛影随风而转，喻世事无常。

6　美如玉：《古诗十九首》：“燕赵多佳人，美者颜如玉。”形容女子色美。

7　合昏：又名夜合花，其花朝开夜合。鸳鸯：水鸟，雌雄相随。这两句以树、鸟为喻，反衬夫婿之无情。

8　“在山”二句：以泉水喻佳人，在山喻守节，出山喻改嫁，守节为清，改嫁为浊。

9　“摘花”句：言佳人无心妆饰。采柏：柏常绿性贞，以喻人之坚贞。盈掬：满把。一捧为掬。

10　翠袖：佳人之服。修竹：修长之竹。竹有节，亦喻人之节操。

【解读】

此诗描写了一位幽居空谷的绝世佳人，讲述了她的身世和遭遇。旧注以为是“托弃妇以比逐臣”，仇兆鳌则认为“当是实有其人”，是诗人写秦州实地所见。仇说的根据是，诗中叙事“曲尽其情”，恐难“悬空撰意”。确实，此诗描写的主人公的经历具体清晰，与“关中丧乱”的时代背景处处相关吻合，这样的人物故事应当是那个时代生活现实的真实反映。但旧注将此诗与弃妇诗传统联系起来也不能说毫无道理，作者在写此诗时不能不接受传统弃妇诗创作的影响，读者在读此诗时也自然会联想到这一传统。弃妇诗的来源是民间，如《诗经》中的《氓》、《谷风》和汉乐府《上山采蘼芜》，完全是写实。其后出现文人仿作，或多或少加入了文人自己的比兴寓托之意。杜甫的这首诗也是如此，在基本写实的基础上也多少含有作者的寓意：佳人象征了某种崇高人格，被弃象征了她在现实中被冷落乃至遭泯灭。具体来说，作者在诗中强调女主人公出身高贵（在这一点上与民间弃妇诗截然有别），即便在沦落中"绝代佳人""幽居空谷"，仍像在传奇中一样超凡脱俗，此外还用具有高洁含意的物象如萝、柏、竹等来烘托她，使她又不太像现实中的人物，这些地方都体现了某种寓意。当然，这种寓托之意在弃妇诗中一向不如在宫怨题材作品中那样明显。这与这两类题材本身的区别有关，后者更直接地包含了香草美人之类传统的比兴寓托之意。杜诗在处理弃妇题材时也不能不受到这种创作传统的影响。因此，这首诗中的人物形象也是亦真亦幻，在理解上也留下了较大的空间。

凤凰台[1]

亭亭凤凰台，北对西康州[2]。
西伯今寂寞，凤声亦悠悠[3]。
山峻路绝踪，石林气高浮[4]。
安得万丈梯，为君上上头？
恐有无母雏，饥寒日啾啾[5]。
我能剖心血，饮啄慰孤愁[6]。
心以当竹实，炯然无外求[7]。
血以当醴泉[8]，岂徒比清流？
所重王者瑞，敢辞微命休[9]？
坐看彩翮长，纵意八极周[10]。
自天衔瑞图，飞下十二楼[11]。
图以奉至尊，凤以垂鸿猷[12]。
再光中兴业[13]，一洗苍生忧。
深衷正为此，群盗何淹留[14]？

【注释】

1　原注：“山峻，人不能至其顶。”凤凰台：在同谷县（今甘肃成县）东南十里凤凰山上。传说汉时有凤凰至，故名。杜甫于乾元二年（759）十月离秦州赴同谷，有纪行诗多首，此诗为其一。

2　亭亭：高耸貌。西康州：即同谷县。唐武德初年置西康州，贞观初年改为同谷县，属成州。

3　西伯：即周文王，殷纣时封为西伯。“凤声”句：《国语·周语上》：“周之兴也，鸑鷟鸣于岐山。”鸑鷟为凤凰之别名。同谷县凤凰台非凤鸣岐山之地，作者因台名而联想及此。悠悠，久远貌。

4　石林：山石如林。

5　“恐有”二句：乃诗人设想之词，高台上或有无母之凤雏，因饥寒而哀鸣。啾啾，凄厉的叫声。

6　饮啄：禽鸟饮水啄食。凤凰为鸟类，故言饮啄。孤愁：指无母之雏。

7　竹实：竹米。竹不常开花，极难结实，故极珍贵。《庄子·秋水》：“夫鹓雏……非练实不食，非醴泉不饮。”鹓雏亦凤类。此二句及下二句由此化出。炯然：显然。

8　醴泉：甘泉。参见上注。

9　王者瑞：凤凰出现是王者的祥瑞。“敢辞”句：谓为王者瑞不惜献出自己的生命。

10　彩翮（hé）：彩色羽翼。传说凤凰羽毛为五彩。纵意：指彩凤任意飞翔。八极：八方极远之地。《淮南子·地形训》：“天地之间，九州八极。……八纮之外，乃有八极。”

11　瑞图：瑞应之图，由上天赐予帝王。《春秋元命苞》载：黄帝游玄扈、洛水之上，凤凰衔图置帝前，帝再拜受图。十二楼：传说昆仑山有玉楼十二所，为神仙所居。

12 至尊：帝王。鸿猷（yóu）：宏大的事业。猷，谋划。

13 光：光大。

14 深衷：深心。群盗：指安史叛军馀部。淹留：指叛军仍据有中原地区。

【解读】

杜甫在自秦州往同谷及后来入蜀时写有二十馀首纪行诗，均用写实手法记述旅途风景，唯有这篇《凤凰台》写法特殊，由凤凰地名联想及凤鸣岐山的传说，又幻想出凤雏受饥、愿剖心血饲之的情节，以表达自己为"王者瑞"不惜贡献生命的一片深衷。作者以前所未有的热忱、采用在全部杜诗中极少见的非现实手法，来表现自己对中兴帝业的热切期盼和输忠报国的决心。苏轼曾说杜甫"流落饥寒，终身不用，而一饭未尝忘君"，这首诗也许可算是一种最强有力的表示。但值得注意的不仅仅是这首诗表达忠君主题的炽热程度，诗人以"剖心血"这个喻象作为全诗的核心意象，以"心血"喻忠心，抒情方式直接而近于简单。由这个喻象构成的故事则建立在凤为"王者瑞"这样的神学假定之上，作者只能通过这种古老而无实质意义的神异观念来希求为中兴事业有所贡献。这种抒情方式和这种期望方式恰恰说明作者在现实中毫无力量，已失去了可以履行其政治责任的任何途径。在这种情况下，诗人写这首诗，实际上是他坚持理想、避免陷于绝望的一种方式。

乾元中寓居同谷县作歌七首[1]

有客有客字子美，白头乱发垂过耳[2]。岁拾橡栗随狙公[3]，天寒日暮山谷里。中原无书归不得，手脚冻皴皮肉死[4]。呜呼一歌兮歌已哀，悲风为我从天来。

【注释】

1　乾元二年（759）十一月在同谷作。同谷县：属成州，今甘肃成县。

2　“有客”句：语出《诗经·周颂·有客》：“有客有客，亦白其马。”

3　橡栗：橡树子，形似栗而小，可食。狙（jū）公：养猴人。狙，猕猴。《庄子·齐物论》：“狙公赋芧，曰朝三而暮四，众狙皆怒。曰然则朝四而暮三，众狙皆悦。”

4　皴（cūn）：皮肤受冻开裂。

长镵长镵白木柄，我生托子以为命[1]。黄独无苗山雪盛，短衣数挽不掩胫[2]。此时与子空归来，男呻女吟四壁静。呜呼二歌兮歌始放，闾里为我色惆怅[3]。

【注释】

1 长镵（chán）：铁制农具，柄长弯曲，用以掘土。子：第二人称，此称呼长镵。

2 黄独：一种野生芋类。胫：小腿。

3 闾里：乡里。

有弟有弟在远方，三人各瘦何人强[1]？生别展转不相见，胡尘暗天道路长[2]。东飞驾鹅后鹙鸧[3]，安得送我置汝旁？呜呼三歌兮歌三发，汝归何处收兄骨？

【注释】

1 有弟：杜甫有弟四人，名颖、观、丰、占。这时只有占跟随杜甫。

2 展转：到处流转。胡尘：指安史叛军。

3 驾（jiā）鹅：野鹅。鹙鸧（qiū cāng）：即秃鹫。

有妹有妹在钟离，良人早殁诸孤痴[1]。长淮浪高蛟龙怒[2]，十年不见来何时？扁舟欲往箭满眼，杳杳南国多旌旗[3]。呜呼四歌兮歌四奏，林猿为我啼清昼。

【注释】

1 有妹：杜甫有妹嫁韦氏，夫早丧。钟离：唐属河南道濠州，今安徽凤阳。良人：丈夫。孤：无父曰孤。痴：幼小不懂事。

2 长淮：淮水。钟离在淮水南。蛟龙：水中动物，传说能发洪水。

3 扁（piān）舟：小舟。《史记·货殖列传》："（范蠡）乃乘扁舟，浮于江湖。"杳杳：深远貌。多旌旗：指战事频发。本年八月，襄州将康楚元、张嘉延作乱，九月袭破荆州。

四山多风溪水急，寒雨飒飒枯树湿[1]。黄蒿古城云不开，白狐跳梁黄狐立[2]。我生何为在穷谷？中夜起坐万感集[3]。呜呼五歌兮歌正长，魂招不来归故乡[4]。

【注释】

1 飒飒：风雨声。

2 黄蒿：野生植物，西北边地多有。《胡笳十八拍》："塞上黄蒿兮枝枯叶干。"古城：指同谷城。汉属武都郡。跳梁：跳跃。《庄子·逍遥游》："子独不见夫狸狌乎？……东西跳梁，不辟高下。"

3 穷谷：指同谷县，地处山谷，群山环绕。中夜：

夜半。阮籍《咏怀》："中夜不能寐，起坐弹鸣琴。"

4　魂招不来：《楚辞·招魂》："魂兮归来，反故居些。"诗意据此，谓魂已反归故乡，故招之不来。

南有龙兮在山湫，古木巃嵸枝相樛[1]。木叶黄落龙正蛰，蝮蛇东来水上游[2]。我行怪此安敢出[3]，拔剑欲斩且复休。呜呼六歌兮歌思迟，溪壑为我回春姿[4]。

【注释】

1　南有龙：同谷县万丈潭传说有龙。杜甫有《万丈潭》诗。湫（qiū）：水潭。巃嵸（lóng zōng）：高耸貌。樛（jiū）：同摎，树枝相纠结。

2　蛰：伏藏。爬行类动物冬季蛰伏。蝮蛇：一种毒蛇。

3　"我行"句：这句是说奇怪蝮蛇怎么会冬天跑出来。

4　歌思：犹言诗思、诗情。迟：迟缓。这两句呼唤春季早日来到。

男儿生不成名身已老，三年饥走荒山道[1]。长安卿相多少年，富贵应须致身早[2]。

山中儒生旧相识，但话宿昔伤怀抱[3]。呜呼七歌兮悄终曲，仰视皇天白日速[4]。

【注释】

1　身已老：杜甫是年四十八岁，已感叹衰老。“三年”句：指战乱爆发以来逃难流离的生活。

2　长安卿相：指朝内权贵。少年：年轻人。致身早：早日通显出头。这两句感慨宦情冷暖，自叹无缘进身。

3　宿昔：夙昔，往日。

4　悄终曲：歌声悄然结束。皇天：上天。

【解读】

杜甫于乾元二年（759）十一月初自秦州到同谷，十二月一日即动身南行入蜀，在同谷停留不足一月。这时他的生活最为困窘，心情恶劣到极点，在这组诗中对自己生活和个人形象的描绘自然也凄惨至极。此七歌连贯而下，一歌自伤，二歌叹家室，三歌、四歌怀弟、妹，五歌以下再回到自身，七歌作结。一歌、二歌中写诗人老态窘境十分不堪，白发垂耳，短衣露胫，拾栗掘苗。三歌、四歌提到动乱的时代，胡尘暗天，旌旗满眼。而组诗的中心则在这悲伤的反问：“我生何为在穷谷？”为什么落到这种境地？这难道是我本该处的位置吗？“三年饥走荒山道”，自战乱爆发以来，虽曾短暂入朝为官，但生活竟每况愈下，以至于此。于是有七歌中与“长安卿相多少年”具有强烈落差的比较，以自叹身老、感慨功名无成为结束。朱熹曾批评此诗：“其卒章叹老嗟卑，则志亦陋矣，人可以不闻道哉？”理学家责人，常有如此不情之论。清施鸿保认为：“朱子特未遭此境耳”，所以不能理解诗人。其实，从理学的严苛眼光来看，杜诗中还有很多毛病可挑。这是因为杜诗记录的是一个人的真实思想感情，作者头脑中并没有理学家的那种“闻道”标准，并拿它来对要表达的思想加以检验过滤。杜甫早年有对“自谓颇挺出，立登要路津”的憧憬，即便到晚年也从未以自己曾有这种抱负为非。在此诗中，也完全是据实写出他在当时处境下的感慨。就拿为朱子诟病的“富贵应须致身早”一句来说，单把它挑出来奉为箴言，当然庸俗不堪，但在原诗中却是诗人的感愤之词，是自嘲，也是对长安卿相的冷观。

发同谷县[1]

贤有不黔突，圣有不暖席[2]。
况我饥愚人，焉能尚安宅[3]？
始来兹山中，休驾喜地僻[4]。
奈何迫物累，一岁四行役[5]。
忡忡去绝境，杳杳更远适[6]。
停骖龙潭云，回首虎崖石[7]。
临歧别数子[8]，握手泪再滴。
交情无旧深，穷老多惨戚。
平生懒拙意，偶值栖遁迹[9]。
去住与愿违，仰惭林间翮[10]。

【注释】

1　原注："乾元二年十二月一日，自陇右赴剑南纪行。"杜甫此时携家离开同谷，南赴成都。

2　"贤有"二句：《淮南子·修务训》："孔子无黔突，墨子无暖席。"班固《答宾戏》："孔席不暖，墨突不黔。"此从后说。贤指墨子，圣指孔子。谓二人周游天下，不得安居。黔突，谓烟囱被熏黑。突，烟囱。

3　安宅：安居。

4　兹山：指同谷县，多山。休驾：止驾。

5　物累：此指衣食之累。物，事情、事物。四行役：本年春由洛阳返华州，秋自华州至秦州，十月南下同谷，十二月又离同谷赴成都。

6　忡（chōng）忡：忧虑不安。杳杳：深远貌。

7　停骖（cān）：停驾。骖，车驾两旁之马。龙潭：指同谷县万丈潭。虎崖：成州西有虎穴。杜甫《寄赞上人》有“徘徊虎穴上”句，或指其地。

8　歧：歧路，岔路。

9　栖遁：隐遁。

10　林间翮：林间鸟。翮，鸟之羽翼，代指鸟。

【解读】

杜甫年轻时期壮游天下，后半生却被迫四处漂泊。漂泊成为杜诗的重要主题。此诗为自陇右赴剑南一组纪行诗的首篇，开首便引古之圣贤席不暖、黔不突之典，用意在说明漂泊乃是人生的普遍处境。但对于诗人来说，“奈何迫物累，一岁四行役”，完全是为生活所迫，与圣贤的栖遑救世、周游四方还不可同日而语。漂泊与漫游不同，根本原因在于它是不自由的。这就是结尾所说的：“去住与愿违，仰惭林间翮。”鸟是自由的象征，是人所仰望羡慕而永远不可企及的。这是诗人尤感悲伤之处。在漂泊中唯一给诗人些许宽慰的，是与“数子”的偶然相遇，友情所动，不禁洒泪临歧。

剑　门[1]

惟天有设险，剑门天下壮。
连山抱西南[2]，石角皆北向。
两崖崇墉倚，刻画城郭状[3]。
一夫怒临关，百万未可傍[4]。
珠玉走中原，岷峨气凄怆[5]。
三皇五帝前，鸣犬各相放[6]。
后王尚柔远，职贡道已丧[7]。
至今英雄人，高视见霸王[8]。
并吞与割据[9]，极力不相让。
吾将罪真宰，意欲铲叠嶂[10]。
恐此复偶然[11]，临风默惆怅。

【注释】

1　剑门：剑阁道又名剑门，通大剑山和小剑山，唐于此设剑门县，属剑州（今四川剑阁）。

2　“连山”句：剑山东西长二百三十一里，连绵不绝。剑山以南为蜀地，在唐之西南。

3　崇墉：高峻的城墙。这两句言山势险峻如高高的城墙。

4　“一夫”二句：张载《剑阁铭》：“一夫荷戟，万夫趦趄。”形容剑门之险，易守难攻。此用其意。

5　珠玉：代指贡奉之物。《韩诗外传》卷六：“夫珠出于江海，玉出于崐山，无足而至者，犹主君之好也。”岷峨：岷山、峨眉山，蜀地名山。凄怆：悲伤。这两句说蜀地珠玉宝物贡奉于中原，蜀地人民深感悲伤。

6　三皇：燧人氏、伏羲氏、神农氏。五帝：黄帝、颛顼、帝喾、尧、舜。均为传说中的上古帝王。鸣犬：《老子》八十章：“邻国相望，鸡犬之声相闻，民至老死不相往来。”此言上古之时蜀地与中原隔绝，不相往来。

7　后王：指夏、商、周三代之王。柔远：怀柔远方。职贡：赋税贡品。《周礼·夏官·大司马》：“施贡分职。”郑玄注：“职谓职税。”这两句说后世对远方实行怀柔，但征收贡税已丧失先王之道。

8　英雄人：兼指成就王业和霸业之人。高视：远望。形容英雄人的气势。见霸王：分别成就霸业、王业，一见高下。儒家指以德行仁政者为王，以力假仁者为霸。事实上这里也是指统一与割据之争，王指天下之王，霸指一方之霸。

9　并吞：并吞天下，指统一之业。贾谊《过秦论》：“并吞八荒之心。”割据：割据一方。蜀地历史上曾有多次割据称雄之事。

10　罪：追责罪责。真宰：万物主宰。《庄子·齐物论》：“若有真宰，而特不得其眹。”铲叠嶂：削平重叠的山峦。

11　偶然：不可预料，在人力所能把握之外。这里是说蜀地这种并吞与割据相争之事，恐亦在人所预料之外。

【解读】

自晋张载的《剑阁铭》到唐李白的《蜀道难》，蜀道之险一直是文人歌咏的题材。杜甫的自陇右赴剑南纪行诗共十二首，与前代文人（包括李白）之作大多据传说和想象落笔不同，这组诗全部为作者实地旅行的记录，每到一处便留有一篇作品。其中《剑门》一首专写剑阁之道，由于此地恰为蜀道艰险关隘，所以此篇继续了前人歌咏蜀道的一个重要主题：蜀地的特殊地势所易造成的政治割据之势。不过，前人之作一般将重点放在写山川之险，顺笔延伸到“一夫当关，万夫莫开”的攻守形势。杜甫此作则就这种攻守之势充分发挥，对蜀地历史上的并吞割据之事展开思考。在诗人看来，自三皇五帝到后王又到王霸之业，是历史的递降过程，此外作者对“职贡”征求也似乎颇有微词，这无疑属于儒家崇古历史观的理想演绎。但在诗里这不过是虚笔，人们所面对的真实历史是“并吞与割据，极力不相让”，这才是诗人真实关注的问题。杜甫虽是旅行入蜀而发此历史感慨，在当时却恐怕是针对唐王朝一统江山正面临瓦解的重大现实威胁而发。接下来就是诗人对这个问题的解决办法：诗人在现实面前往往一筹莫展，但却可以运用诗人的魄力和权力，直诉上苍，发出“我将罪真宰，意欲铲叠嶂”的呼吁。后来白居易在《自蜀江至洞庭湖口有感而作》中有一个类似的呼吁：“安得禹复生，为唐水官伯？手提倚天剑，重来亲指画。疏流似剪纸，决壅同裂帛。渗作膏腴田，踏平鱼鳖宅。”这同样是通过想象中对上天自然的追究，寻找现实问题的替代解决，表达自己的济世热忱。不过，杜甫始终是在表达热忱与冷静思考间徘徊，最后又清醒地意识到，这个严重的问题恐怕不但不在自己而且也不在所有人的掌控之中。

堂 成[1]

背郭堂成荫白茅，缘江路熟俯青郊[2]。
桤林碍日吟风叶，笼竹和烟滴露梢[3]。
暂止飞乌将数子，频来语燕定新巢[4]。
旁人错比扬雄宅，懒惰无心作解嘲[5]。

【注释】

1　堂：指杜甫在成都近郊所营草堂。

2　背郭：背负城郭。杜甫草堂在成都西南郊。白茅：茅草，用以覆盖屋顶。缘江：沿江。江指锦江，流经成都西南。草堂靠近锦江。俯青郊：俯视郊野。

3　桤（qī）：木名，蜀地多有。杜甫有《凭何十一少府邕觅桤木栽》，也作于这一时期。碍日：遮日。吟风叶：树叶在风中吟唱。笼竹：蜀人所称的一种竹子。

4　止：栖息。将：带领。语燕：燕子呢喃似语，故称语燕。

5　扬雄：见《奉赠韦左丞丈二十二韵》注6。扬雄为蜀人，宅在成都少城西南角。扬雄闭门草《太玄》，被人嘲笑，作《解嘲》文。

【解读】

乾元二年（759）末杜甫抵成都，此诗作于次年（上元元年，760）春。寓居成都是杜甫一生中难得的暂时安稳的生活时期，在朋友帮助下，他在成都郊区筑起了有名的草堂，在草堂数年写下了大量诗篇，以致有人以“草堂”为全部杜诗命名。由于心情放松愉快，此诗的笔调也显得轻快流利。首二句写堂的地势位置，背郭临江，俯瞰郊野，“缘江路熟”像是移动的长镜头，带我们观看周围景致。三、四句写堂前树木，五、六句写往来飞禽，都透着亲切祥和之气，一片生机。最后写堂的主人。诗人过去就曾以扬雄自比（见《奉赠韦左丞丈二十二韵》、《醉时歌》），现在住到扬雄的家乡，却要告诉旁人不要“错比”，着意强调两人之间的区别，其实还是一种比拟。要讲文章，要讲淡泊，都愿向这位古人看齐，只不过比他更不计较，连解嘲之事也懒得做罢了。

蜀　相[1]

丞相祠堂何处寻？锦官城外柏森森[2]。
映阶碧草自春色，隔叶黄鹂空好音[3]。
三顾频烦天下计，两朝开济老臣心[4]。
出师未捷身先死[5]，长使英雄泪满襟。

【注释】

1　蜀相：三国蜀丞相诸葛亮。此诗为凭吊诸葛亮而作。

2　丞相祠堂：成都武侯庙，今称武侯祠。庙中合祭刘备和诸葛亮二人。锦官城：成都以产锦著称，古有专门机构管理，称锦官。

3　映：遮蔽。自、空：互文见义，言碧草、黄鹂空自有其春色、好音，而古人已逝。

4　三顾：汉末动乱时诸葛亮隐居南阳隆中，刘备三次造访，礼请他出山。诸葛亮《出师表》中有“三顾臣于草庐之中”句。频烦：屡次烦劳。天下计：诸葛亮为刘备画策，在《隆中对》中提出“东连孙权，北抗曹操，西取刘璋”的方针。两朝：蜀先主刘备、后主刘禅两朝。开济：开创建立功业。

5　出师未捷：指诸葛亮出祁山伐魏。诸葛亮曾向后主刘禅上《出师表》，此径用其语。身先死：诸葛亮在建兴十二年伐魏时，在五丈原病逝于军中。

【解读】

此诗为杜甫到成都后凭吊诸葛武侯祠而作。作者这一时期凭吊蜀国古迹的作品很多，其中尤以与诸葛武侯有关的作品最为突出。这不仅是由于蜀地原是蜀国旧地，古迹遗留很多，而且是因为三国的历史与作者所处的时代有很多近似之处，同处于战乱之中，同样面临分裂与统一的对决，因而这些作品所抒发的不是单纯的怀古之思，而是与诗人的现实感慨相联系。此诗前四句写祠堂景色，为后四句写武侯事迹作铺垫。所谓“自春色”、“空好音”，表现出昔人已逝、空有遗迹的惆怅。五、六两句概括诸葛亮一生业绩，“三顾”、“两朝”总结其主要政治经历，“天下计”和“老臣心”分写其政治方面的雄才大略和个人品德方面的忠心耿耿。尾联写英雄未能最终实现理想的悲剧，以及这种悲剧所引起的无尽反响。诗人把诸葛亮当作一位理想的政治家来歌颂，在他身上寄托了为国尽忠、实现统一大业的政治理想，这种歌颂正反映出作者迫切希望现实中能出现这样雄才大略的英雄人物；而他为诸葛亮“出师未捷身先死”的悲剧倍感伤心，不仅是对世无英雄的一种婉转批评，也包含了对自己空有报国壮志而无缘施展的感慨。所谓“长使英雄泪满襟”，这个“英雄”实际上也包括诗人自己在内。

宾 至

幽栖地僻经过少，老病人扶再拜难[1]。
岂有文章惊海内，漫劳车马驻江干[2]。
竟日淹留佳客坐，百年粗粝腐儒餐[3]。
不嫌野外无供给，乘兴还来看药栏[4]。

【注释】

1 幽栖：幽居。再拜：古代礼节，先后拜两次。

2 漫劳：徒劳，空劳。此处表歉意，不敢劳动对方。江干：江岸。干，水涯。

3 竟日：整日。百年：人生百年，言终生。粗粝（lì）：粗米。腐儒：作者自称。

4 药栏：宋之问《别之望后独宿蓝田山庄》："药栏听蝉噪，书幌见禽过。"杜甫《将赴成都草堂途中有作先寄严郑公》："常苦沙崩损药栏。"均指芍药花丛，种植如围栏。

【解读】

此诗也是上元元年（760）在草堂作，主角是草堂主人。诗中写到一位贵客劳动车马前来拜访主人，而主人不但幽居偏僻，而且老病贫寒。来客的身份诗中没有交待，也不必追究，诗人一再强调的是自己的这种状况，"地僻"补充以"经过少"，"老病"补充以"再拜难"，"粗粝餐"

又加上“无供给”，句意都显得不够精炼，有些重复。但诗人却是有意这样强调，说明自己与喧闹之处的人们在地理和心理上都保持着相当距离，这里才是我这个“野外”之人幽栖的世界。三、四两句是客套话，真实的意思是正因为我有足惊海内的文章，才能劳动高车大马的客人来访，而且一坐就是一整天。作者又自称“腐儒”，这是自谦，但也是他的实际处境。在这种处境下而有“惊海内”的文章，而且能吸引贵客来访，这些又构成他足以自傲的理由。这首诗所描写的这种生活和姿态，可以当作杜甫草堂生活的一个缩影，说明了他当时的地位以及和当地官员（其中包括他的一些朋友）之间的关系。表面上有一些自伤老病的话，但作者其实颇有一些欣慰自得。诗人最后发出诚挚的邀请，正说明他希望这种关系和这种心情能继续保持下去。

狂 夫

万里桥西一草堂，百花潭水即沧浪[1]。
风含翠篠娟娟净，雨浥红蕖冉冉香[2]。
厚禄故人书断绝，恒饥稚子色凄凉[3]。
欲填沟壑惟疏放，自笑狂夫老更狂[4]。

【注释】

1 万里桥：在成都城南八里大江水上。传说蜀使费祎聘吴，诸葛亮在此饯行，祎叹曰："万里之路始于此。"因得名。百花潭：即浣花溪，在成都城西。沧浪：《孟子·离娄上》："沧浪之水清兮，可以濯我缨。沧浪之水浊兮，可以濯我足。"指隐居之地。

2 翠篠（xiǎo）：绿竹。篠，小竹。娟娟：美好貌。浥（yì）：湿润。红蕖（qú）：芙蕖，荷花。冉冉：柔弱貌。

3 厚禄：俸禄优厚。稚子：幼子。

4 欲：将，将要。填沟壑：指穷困而卒。疏放：疏懒狂放。狂夫：作者自称。

【解读】

这首诗也作于上元元年（760），写到了生活中一些不如人意之事。这里提到了他的生活来源（至少是一部分），是靠“厚禄故人”的周济。但现在却“书断绝”，没有了消息，以致衣食堪虞，幼子恒饥。诗人的心情显然有些沮丧，甚至想到“欲填沟壑”。早在长安时期，他就说过“焉知饿死填沟壑”（《醉时歌》），可见这种忧虑一直伴随着他。但此时，作者的感情却没有表现得那么激烈，而是用所谓“惟疏放”来自我排遣。“自笑”也是一种自嘲、自我排遣，所谓“狂夫老更狂”无非是说我早已经历过这些，疏放、放狂对于我来说也早已习以为常。这里有一个疑问：故人书断绝原因何在？是有意还是无意？但作者把它当成浑常见的事情，并不深谈，仰人供给的生活就是如此，不必为此过多焦虑和怨恨。诗人已老于世故了。这些都是诗的后四句所说的。回过头来看前四句，格调却十分清新疏朗。首二句只是交待草堂的地理位置，但用“万里桥西”、“百花潭水”两个概念一陪衬，草堂便显得十分幽静美好。三、四句写景，更是雨净风和，花香草绿。这种景色与狂夫的形象相映衬，并未构成一种反差，而是说明狂夫的狂是一种轻微的发泄，清贫困苦的生活尚未打破诗人眼下的心理平衡。

江 村

清江一曲抱村流，长夏江村事事幽。
自去自来堂上燕，相亲相近水中鸥。
老妻画纸为棋局，稚子敲针作钓钩[1]。
多病所须唯药物，微躯此外更何求？

【注释】

1　棋局：李秀《四维赋》记四维戏“画纸为局，截木为棋”。此用其语，当是指一种民间棋戏。敲针：东方朔《七谏》：“以直针而钓兮，又何鱼之能得。”此据其语意，但也是生活写实。

【解读】

这首诗描写一种更为平静、常态的草堂生活，事事幽，事事清静，没有烦扰。诗人写到与之为邻的燕和鸥，又写到家中的妻和子，都是那么相亲相近，悠闲自得。唯有自己的病尚须药物疗治，此外便别无他求了。诗人的心境似乎完全平静放松了，当然这种平静只能是一时的。但就是这样一首明白浅近的作品，却被宋人用“比兴法”解释成：“妻比臣，夫比君。棋局，直道也。针合直而敲曲之，言老臣以直道成帝业而幼君坏其法。稚子，比幼君也。”（惠洪《天厨禁脔》）这不过是一个例子，说明在传统诗说中存在的任意附会达到怎样可笑的程度；而杜甫这位备受关注和推崇的诗人，也恰恰是遭受任意曲解最多的诗人。

客　至[1]

舍南舍北皆春水，但见群鸥日日来[2]。
花径不曾缘客扫，蓬门今始为君开。
盘飧市远无兼味，樽酒家贫只旧醅[3]。
肯与邻翁相对饮，隔篱呼取尽馀杯[4]。

【注释】

1　原注："喜崔明府相过。"唐人称县令为明府。

2　鸥：水鸟。《列子·黄帝》："海上之人有好沤（同鸥）鸟者，每旦之海上，从沤鸟游，沤鸟之至者百数而不止。其父曰：'吾闻沤鸟皆从汝游，汝取来，吾玩之。'明日之海上，沤鸟舞而不下也。"此暗用其意。

3　盘飧（sūn）：盘餐。飧为熟食。兼味：重味，两种以上食物。醅（pēi）：未过滤的酒。

4　"肯与"二句：这两句是征询客的意见，能否同意招呼邻翁来一起饮酒。呼取，呼。取为语助词。

【解读】

这首诗也是写有客来访。前人评论说："前《宾至》诗，有敬之之意，此有亲之之意。"（张綖）"《宾至》是贵介之宾，客是相知之客，与前诗各见用意所在。"（陈秋田）这首诗的来客是一位关系很亲近的朋友，所以作者显得更为兴奋，不拘客套。前四句写客至，有意外之喜。后四句写留客，不自嫌家贫市远，乃至招邻翁作陪，可见无芥蒂之心。

春夜喜雨

好雨知时节，当春乃发生[1]。
随风潜入夜，润物细无声[2]。
野径云俱黑，江船火独明。
晓看红湿处，花重锦官城[3]。

【注释】

1　“当春”句：春乃草木生发之时。《尔雅·释天》：“春为发生。”《庄子·庚桑楚》：“夫春气发而百草生。”

2　“随风”二句：写细雨无声，夜晚悄悄而降。

3　红湿：花着雨而湿。红，代指花。花重：花湿之后色深、朵欲垂，均有重意。锦官城：成都。见《蜀相》注2。

【解读】

在草堂相对平静的生活期间，杜甫将宁静的心情移植到对自然景物的观察体会之中，写作了一批以自然为题材的作品。作者在长安时期就有《何将军山林十首》等景物诗，其中的藻饰成分较多。秦州诗、入蜀诗描写山川景物，受环境、心情影响，描写的常常是险山恶水，面目狰狞。成都时期的写景诗则别开生面，脱去铅华，风格细腻自然。这首诗就是其中的代表作。此诗首二句不过是报告下雨了，但充满喜悦之情。一个“知”字不仅说明雨是适时的，而且是有情态的。“知”不是把人的感情移植给自然，而是说明人与自然息息相关。“时节”是农时，好雨赶上了时节，就不再是与人无关的单纯自然现象了。三、四两句更细致地描写雨的情态，有当地生活经验的人都称道它的生动传神。但这两句不止写雨，而是写人视界所及的整个自然，风、雨、夜、物之间的关系是那么协调，一切是那么静谧宜人。五、六两句变换角度写夜，选择了一些局部形象，同时也有人的踪迹出现——“船”、“火”、“径”，但这些并不位于前景，只是这幅图景中的点缀，融入了自然景物之中：并没有出现人，人进入了自然，只留下了他进入的痕迹。最后写天明雨退，“红湿”、“花重”是雨留下的痕迹，它的退去和它的来到一样静谧宜人，友好温馨。整首诗没有任何多余的藻饰铺排成分，这是真正的歌咏自然，而不是像咏物诗或某些山水诗那样挖空心思地形容、描摹、修改自然。在这里，我们可以感受到一个围绕着人而展开、而有了生命的自然世界，同时也处处感受到人的存在、人的情感。当然，诗人最后关注的目光落在城里的红花上，这是他的生活世界，与老农的生活世界还是有隔的。

江上值水如海势聊短述[1]

为人性僻耽佳句[2]，语不惊人死不休。
老去诗篇浑漫与，春来花鸟莫深愁[3]。
新添水槛供垂钓，故著浮槎替入舟[4]。
焉得思如陶谢手，令渠述作与同游[5]？

【注释】

1　江：指锦江。值：遇到。聊短述：未作长篇，只作此七律，故称短述。聊，姑且。

2　性僻：性格偏执。耽：沉溺、嗜好。

3　浑：全然。漫与：漫不经心。与上文“耽佳句”恰相反。“春来”句：言作诗漫与，花鸟也不必为此发愁了。

4　水槛：水边栏槛。故著：因此安排。故与新为对，是借对。浮槎（chá）：木筏。《博物志》卷十：“旧说云天河与海通。近世有人居海渚者，年年八月有浮槎去来，不失期。”替：代替。

5　陶谢：陶渊明、谢灵运。二人为晋宋之际著名诗人，各以田园诗、山水诗见长。渠：第三人称，他。这里指称自己的诗“思”。与同游：与陶谢同游，谓接近于陶谢的诗歌境界。

【解读】

这首诗如题目所述，是因值江水如海势而作，但却并没有从水势如何落笔，只在五、六两句插入写水势。作者由观赏自然而想到自己的创作，诗的主题是对自己艺术创作的总结和反省，谈到了这一时期在创作中发生的一个重要变化：由“耽佳句”而求“惊人”转向“浑漫与”。导致这种变化的原因之一，可能是年龄、阅历的增长，是“老去”的结果。“浑漫与”可以理解为诗人此时的自谦或自感愧疚，多少有些夸张，但“春来花鸟莫深愁”一句，却说明诗人对那种呕心沥血、雕肝镂肺、使花鸟都犯愁的创作方式确实有所反省。最后，诗人点出了他所理想的诗歌境界：“焉得思如陶谢手？”陶、谢的诗当然不能说不是佳句，但却与自己过去刻意追求的那种佳句有所不同。他说“焉得”，正说明这是一种与自己过去不同的新的诗歌境界。当然，作者有他的艺术个性，与陶、谢的风格并不相同，但他在诗艺上也在不断总结探索，思如陶谢之清新自然，向一种更为浑然天成的境界发展。诗人之所以有这种反省和变化，与草堂生活和大自然的陶冶有关，也与年龄的增长、心态的变化有关。大器不一定非晚成，但晚来必有一个更高境界。

江畔独步寻花七绝句（选四）

其二

稠花乱蕊裹江滨，行步攲危实怕春[1]。
诗酒尚堪驱使在，未须料理白头人[2]。

【注释】

1　裹江滨：言江岸到处是花。攲（qī）危：歪斜。

2　在：语助词，表示动作的持续。料理：照顾，关照。白头人：作者自谓。这两句说自己尚能吟诗饮酒，不须别人照料。

其五

黄师塔前江水东[1]，春光懒困倚微风。
桃花一簇开无主，可爱深红爱浅红[2]？

【注释】

1　黄师塔：僧人所葬之塔。

2　一簇：一丛。可：表疑问。这句是自问爱深红色的还是爱浅红色的。

其　六

黄四娘家花满蹊[1]，千朵万朵压枝低。
留连戏蝶时时舞，自在娇莺恰恰啼[2]。

【注释】

1　黄四娘：邻家女子名。娘是唐时对妇女的美称。蹊：小路。

2　留连：停留不忍去。恰恰：又作洽恰，密集貌。这里形容莺啼不断。

其　七

不是爱花即肯死，只恐花尽老相催[1]。
繁枝容易纷纷落，嫩蕊商量细细开。

【注释】

1　肯：甘认，拼。肯死即拼死。这两句是说自己并不是爱花爱得要死，而是担心花落尽自己的年龄又老了。

【解读】

这组寻花探春之作也作于草堂时期。春光花色本该是这组诗的中心意象，但诗的重点却不在对自然的观赏本身，而是写一个老年人寻春时的心态。其五、其六两首写寻春所见的一些小景致，诗人有兴致但并不是很足，无论是无主桃花还是戏蝶娇莺，对他来讲都是熟悉之物而又好像无甚相关，老人的落寞心情隐约可见。其二正面表现诗人心态，一方面“怕春”，不仅是因为行步欹危怕出行之累，主要是因为青春与衰老相背，更易引起伤感；另一方面又勉强打起精神，自称诗酒之兴未衰，不愿别人把自己看得太老。其七则更直截了当地说明，寻花之意其实不在爱花，而是眼看花尽使自己更迫近地意识到衰老相催，纷纷落的繁枝与细细开的嫩蕊都只好任它们去了。衰老是每个人都不免要经历的自然过程，作为诗人的杜甫用诗在清晰地记录自己对这一过程的感受。在这个过程中伤感哀叹当然是难免的，但诗人还有一种冷静的反省意识。例如其二“未须料理白头人”是写自己不服老，但老实把这种心态写出，“白头”二字又是那么醒目，便包含了一种自嘲之意。成都时期衰老开始成为杜诗的重要主题，对于刚刚年届五十的诗人来说这是一种悲哀（在那种环境和那种生活条件下未老先衰是确实的，这与古人喜欢在诗文中“悲老”的一般作法不尽相同），但对于他的诗歌来说则又增加了一层令人回味的意蕴。

茅屋为秋风所破歌

八月秋高风怒号，卷我屋上三重茅。茅飞渡江洒江郊，高者挂罥长林梢，下者飘转沉塘坳[1]。南村群童欺我老无力，忍能对面为盗贼[2]。公然抱茅入竹去，唇焦口燥呼不得，归来倚杖自叹息。俄顷风定云墨色，秋天漠漠向昏黑[3]。布衾多年冷似铁，娇儿恶卧踏里裂[4]。床头屋漏无干处，雨脚如麻未断绝[5]。自经丧乱少睡眠，长夜霑湿何由彻[6]？安得广厦千万间，大庇天下寒士俱欢颜，风雨不动安如山？呜呼！何时眼前突兀见此屋[7]，吾庐独破受冻死亦足！

【注释】

1 罥（juàn）：缠绕，牵挂。塘坳（ào）：低洼的水坑。

2 忍能：忍心如此。能，如此。

3 俄顷：片刻。向昏黑：渐昏黑。向，渐，将。

4 布衾（qīn）：布被。里：被里。

5 雨脚：雨水下泻称雨脚。如麻：言其密集。

6 丧乱：指安史之乱。何由彻：如何熬过整夜。彻，彻夜，整夜。

7　突兀：高耸貌。

【解读】

草堂生活的平静只是相对而言的，穷困是诗人始终挥之不去的阴影，愁饥愁寒仍是杜甫这一时期创作的重要主题。对于杜甫这样的流寓士人来说，衣食稍有着落后，住又成为生活难题。草堂毕竟简陋，稍遇风雨便难安居。这首诗不止写茅屋怎样为秋风所破，而且写到在遭遇如此困境后周围几乎没有人对他关心，那些很有人情味的邻人都没有出现，反而是“南村群童”抱茅而去。这可能是生活中实有的事件，令诗人特别伤心，但将这一情节写进诗里还是反映了诗人此时的心情，说明诗人被社会冷落疏远、因年老力衰而遭人欺负的现实处境。诗中写到的很多细节，如唇焦口燥、倚杖叹息、长夜难眠，十分真实，生动刻画出老年人的生活感受。但与他遭受的这种冷遇相对，诗人在结尾处却发出“安得广厦千万间，大庇天下寒士俱欢颜”的呼吁，表现出一种宽大的博爱精神。这一呼吁反映了诗人始终保有的理想主义精神，即便在这种处境下，已与任何具体的政治意图无关，仅仅作为一名诗人和普通人，杜甫仍认为自己应具有这样一种民胞物与的宽广胸怀。这是杜诗精神中尤为感人之所在。

百忧集行

忆年十五心尚孩，健如黄犊走复来[1]。
庭前八月梨枣熟，一日上树能千回。
即今倏忽已五十，坐卧只多少行立[2]。
强将笑语供主人[3]，悲见生涯百忧集。
入门依旧四壁空，老妻睹我颜色同[4]。
痴儿不知父子礼，叫怒索饭啼门东[5]。

【注释】

1　心尚孩：还保有孩童之心。孩的本义为小儿笑。犊：小牛。

2　倏（shū）忽：忽忽，转眼之间。

3　强：勉强。供主人：杜甫在蜀中生活仰仗当地官员和故旧周济，主人泛指这些人。

4　四壁空：家中一无所有。《史记·司马相如列传》：“家居徒四壁立。”“老妻”句：谓老妻见到我也一脸忧色。

5　啼门东：古代庖厨之门在东，故云。

【解读】

这首诗由回忆孩童时代入笔，抚昔感今，具体描写了诗人在蜀中生活的种种困苦：既有年老体衰的悲哀，又有仰人周济、虚与周旋的难堪，更有一家生活无着、儿啼妻忧的困境，正所谓“悲见生涯百忧集”。连《茅屋为秋风所破歌》中的“娇儿”，在这首诗中也成了“痴儿”，可见诗人心情之恶劣。通过这些描写，我们才更完整地了解草堂生活的真实情况。一些传统上不入诗的题材，一般文人往往讳言的穷困饥寒，也被杜甫写入诗中。这构成了杜诗写实性的一个方面，也在唐诗中开了一种风气。

戏为六绝句

庾信文章老更成，凌云健笔意纵横[1]。
今人嗤点流传赋，不觉前贤畏后生[2]。

【注释】

1　庾信：见《春日忆李白》注2。老更成：老而有所成就。庾信入北周后，诗赋内容和风格发生重要变化。意纵横：意态恣肆。

2　嗤点：嗤笑。流传赋：庾信以赋作知名，有《哀江南赋》、《小园赋》等名篇，这里举赋而兼诗。前贤：指庾信。后生：即上句所言“今人”。《论语·子罕》：“后生可畏。”言后生未可限量。这里是反语，谓后生对前贤妄自讥评。

王杨卢骆当时体，轻薄为文哂未休[1]。
尔曹身与名俱灭，不废江河万古流[2]。

【注释】

1　王杨卢骆：王勃、杨炯、卢照邻、骆宾王四位初唐诗人，当时称为“四杰”。轻薄为文：此句有歧解。一说谓王、杨、卢、骆为轻薄之文而遭哂笑，一说谓轻薄为文者哂笑四杰。哂（shěn）：笑。

2　尔曹：尔辈，你等。此句亦有歧解。一说指四杰，一说指哂笑四杰者。不废：无碍，不害。

纵使卢王操翰墨，劣于汉魏近风骚[1]。
龙文虎脊皆君驭，历块过都见尔曹[2]。

【注释】

1　卢王：举卢兼骆，举王兼杨，仍指四杰。翰墨：笔墨，代指文章。风骚：《国风》和《离骚》，代表《诗经》和《楚辞》。此句以“汉魏近风骚”连读，谓四杰不如汉魏诗人更接近风骚传统。

2　龙文、虎脊：均为名马之状。此以驭马喻作文章。历块过都：王褒《圣主得贤臣颂》：“过都越国，蹶如历块。”言骏马越过都城如同跨越土块一样。这两句的“君”指四杰，“尔曹”应同上诗所指，即嘲笑四杰者。这两句连上文，意谓即便四杰有逊汉魏诗人，但能驾驭龙文虎脊般的美文，而在如骏马历块过都之奔跑中就能见出“尔曹”之高下。

才力应难跨数公，凡今谁是出群雄[1]？
或看翡翠兰苕上，未掣鲸鱼碧海中[2]。

【注释】

1　数公：指上文所评述的庾信和四杰。凡今：犹言当今所有人。

2　翡翠兰苕：郭璞《游仙诗》：“翡翠戏兰苕，容色更相鲜。”此喻辞采艳丽。掣：牵引。鲸鱼：海中大鱼。掣鲸鱼于碧海，喻笔力雄壮。这两句是说当今有辞采华美如翡翠戏兰苕之作，但尚未有掣鲸鱼于碧海之杰作。

不薄今人爱古人，清词丽句必为邻[1]。
窃攀屈宋宜方驾，恐与齐梁作后尘[2]。

【注释】

1　薄：菲薄。今人：指唐人。古人：如上文所言汉魏作家。这两句是说对今人、古人均无偏见，必以清词丽句为追求。一说“今人爱古人”连读，谓对今人崇尚汉魏古人之风并无菲薄之意。

2　窃攀：努力追攀。窃表自谦。屈宋：屈原、宋玉，战国《楚辞》作家。方驾：并驾。齐梁：南朝齐梁诗人。后尘：车马经过后扬起的尘土，喻追随人后。这两句连上文，意谓清词丽句亦必须上攀屈宋，否则将沦为齐梁诗人之后尘。

未及前贤更勿疑，递相祖述复先谁[1]？
别裁伪体亲风雅，转益多师是汝师[2]。

【注释】

1　前贤：泛指前代杰出作家。递相：接连，延续不断。祖述：师法前人。复先谁：复以谁人为先。这两句是说一味祖述因袭前人，不知将以谁为先。

2　别裁：择别裁去。风雅：《诗经》中的《国风》和大小《雅》，即指《诗经》创作传统。益多师：增加多方师法的对象。这两句正面阐述自己的创作追求，应上亲风雅，转益多师。

【解读】

这组诗以诗论诗，阐述自己的创作追求和对当时文坛风气的看法，是杜甫的一个创例，后代多有人仿效。题称“戏为”，盖有不礼让之意，更能放笔直言。由于是以诗论诗，语言高度凝缩，难免有语义两歧、解释不一之处，但作者论诗的基本精神和原则还是清楚的，这就是“别裁伪体亲风雅”。这组诗评论的重点是六朝（尤其是后期，以庾信为代表）与初唐两个阶段，这是因为这两个阶段对杜甫及同时人的影响更为直接，但也恰恰是诗人必须跨越和突破的对象。可见杜甫并不是对古代作家作泛泛之评，而是抓住那些对自己具有决定性影响的作家，怀着某种既感谢又不满的心情来加以评论。第一首评价庾信，不是像过去那样简单地称其为“清新”，而是特别强调了他晚年诗风的变化——“老更成”。杜甫此后还多次从类似角度评价过庾信，其中颇有以庾信自喻的意味。第二、三首评价四杰，词意模棱，后人解释也最为分歧。但有一点是清楚的：在杜甫心目中有一个文学演变的“江河万古流”，由庾信到四杰再到今人，都处于这一流变之中。杜甫明确地称四杰为“当时体”，“当时体”的涵义有二：一是有其当时价值，不可替代；二是在诗风流变中有过渡意义，不免被后来者取代。第三首在评价四杰时明确指出了其不足，并提出了一种文学评价的优劣标准。这种标准有“汉魏”、“风骚”等等作为其代表，在诗人的描绘中又呈现为一种气派的高下。第四首主要表达对文坛现状的不满，并用“翡翠兰苕”和“掣鲸鱼碧海”的比喻来表示文学气派之别，明确了他的评价标准。第五首则表达了一种兼容并蓄的态度，要与“清词丽句”为邻，与上文评价“当时体”的立场是相通的。在此前提下，作者表示要上攀屈宋，而不取齐梁，用文学史上的典范来具体解释了上文所说的文学气派之不同。第六首是总结，提出最重要的创作要求：“别裁伪体亲风雅”。“风雅”与上文所说的“风骚”含意接近又有所不同，更强调文学的道德内涵。总的来看，杜甫肯定了六朝和初唐诗歌的成就，同时要将他们对文学性的追求导向更高的文学境界，与一种诗人理想和“风雅”的道德要求结合起来。杜甫的诗人意识在这组诗中得到成熟清醒的表达。但这组诗没有论及对杜甫影响可能更为直接的沈、宋、陈子昂、李白等人，作者可能主要是针对在当时颇有争议的一些文学现象和问题发表自己的意见。

遭田父泥饮美严中丞[1]

步屧随春风，村村自花柳[2]。
田翁逼社日，邀我尝春酒[3]。
酒酣夸新尹，畜眼未见有[4]。
回头指大男，渠是弓弩手[5]。
名在飞骑籍，长番岁时久[6]。
前日放营农，辛苦救衰朽[7]。
差科死则已，誓不举家走[8]。
今年大作社，拾遗能住否[9]？
叫妇开大瓶，盆中为吾取[10]。
感此气扬扬，须知风化首[11]。
语多虽杂乱，说尹终在口。
朝来偶然出，自卯将及酉[12]。
久客惜人情，如何拒邻叟[13]？
高声索果栗，欲起时被肘[14]。
指挥过无礼，未觉村野丑[15]。
月出遮我留，仍嗔问升斗[16]。

【注释】

1 此诗为宝应元年（762）在成都作。遭：遇。泥饮：纠缠对方喝酒。泥，纠缠，读去声。美：赞颂。严中丞：严武。上元二年（761）十二月以京兆少尹兼御史中丞出为成都尹。严武与杜甫为世交。

2 步屧（xiè）：穿鞋出行。屧，木底鞋。自：犹言已、已经。

3 逼：近。社日：春秋二季祭祀土地神的节日。此指春社日，在春分前后。春酒：酒经冬酿造，至春可饮用。

4 新尹：指严武。去年十二月上任为成都尹。畜眼：长眼，有眼。《王梵志诗校注》○四九首："虽然畜两眼，终是一双盲。"此句为田父之语，谓新尹之作为平生所未见。

5 大男：大儿。渠：他。弓弩手：唐军战兵有弓手、弩手。

6 飞骑：骑兵。唐羽林军有飞骑，此当指成都的护卫军队。籍：兵籍。长番：定期服役为一番，唐制士卒轮番服役，长番即超过定期未得轮换。

7 放营农：放归务农。衰朽：田父自谓。

8 差科：徭役赋税。这两句是田父表示一定要完成差科，决不迁走，以报答新尹之恩。

9 作社：举办社日祭祀。拾遗：田父称杜甫。杜甫曾官左拾遗。

10 瓶：酒瓶，贮酒器。盆：盛酒器。古时饮酒，从盆中舀取。

11 气扬扬：意气扬扬，自得之貌。此言田父。风化首：以爱民为治政之首务。风化，《毛诗序》："上以风化下。"谓统治者对人民施以教化。

12 偶然出：随意出行。卯、酉：十二时中的两个时辰。卯时为清晨，酉时为傍晚。

13 久客：长久做客。惜人情：珍惜人情。这两句解释自己为何逗留不归。

14 被肘：肘被拉住。这句是说自己想要告辞却被田父硬拉住。

15 指挥：指手画脚。这两句说田父举动虽然无礼仪，但只见其村野真情而不觉其丑。

16 遮：拦住。嗔：责怪。问升斗：问饮酒的数量。这句是说田父责怪我要离去，并问我还能饮多少。

【解读】

这首诗中提到的严中丞严武，是杜甫的故交。他入蜀主政之初，杜甫曾上《说旱》一文，建议革削弊政，其中包括"两川侍丁"赋敛沉重、家中亲老无人奉养的问题。在这首诗中，原来长番服役的田父大男被放归务农，侍养亲老，田父为此感激不尽，邀杜甫饮酒，一再赞美新尹。《新唐书·严武传》记载严武治蜀"峻掊亟敛，闾里为空"，那么这首诗里所反映的情况至少是不全面的。但我们不能将各种史料都与杜诗一一对照，据此来对他的每一篇作品做是否客观全面的评价。杜甫在写这首诗时尚无可能对严武的为政作全面评价（当然也不排除杜甫对严武确实抱有好感），放“侍丁”归养当是实有其事，杜甫遇田父泥饮美尹也是真实经历，此诗只是真实记述了这一经历而已。这首诗的选材和所写的人物，不但在其他文人作品中极为少见，在杜诗中也别具一格。诗的主要篇幅都用来描写田父的言谈举动，十分真切传神，不像其他文人作品中只作为点缀出现、其言谈心理多出于揣想的下层人物形象。“指挥过无礼，未觉村野丑”，“丑”是按照一般礼貌标准来说的，但因其情真，所以不觉其丑。于是诗人在诗中也放笔写其村俗粗野之态，不做任何加工美化，包括在语言上也尽量采用模仿村俗口语。

闻官军收河南河北[1]

剑外忽传收蓟北[2]，初闻涕泪满衣裳。
却看妻子愁何在，漫卷诗书喜欲狂[3]。
白日放歌须纵酒，青春作伴好还乡。
即从巴峡穿巫峡，便下襄阳向洛阳[4]。

【注释】

1 唐代宗广德元年（763）春在梓州作。宝应元年（762）十月，唐军讨史朝义，收复东京和河南诸州。本年正月，史朝义委任的范阳节度使李怀仙请降，史朝义自缢，李怀仙斩其首来献。河北诸州皆降。

2 剑外：剑门以南，指蜀地。蓟北：蓟即古燕都（今北京市西南），唐为幽州治所，是安史叛军的巢穴。

3 漫卷：乱卷。

4 巴峡：嘉陵江古称巴水，江水曲折三曲如巴字，流经峻峡处称巴峡，在今重庆市北。巫峡：长江巫峡，在今重庆市巫山县境。襄阳：今湖北襄樊。这两句写计划中的返乡路线，经水路由巴峡至巫峡出川，再由陆路北上襄阳往洛阳。

【解读】

宝应元年（762）秋，杜甫避成都徐知道之乱流落至梓州。第二年春，在梓州听到叛军请降、河北收复的消息。持续已久的平叛战争终于迎来胜利，诗人欢喜之极而作此诗。清浦起龙称此诗为杜甫“生平第一快诗”。历来写愁写悲的名篇很多，而写喜写乐的佳作则较少。因为喜的表现往往大同小异，反而不容易写好。此诗写喜，因为蕴含了很多生活感慨，所以表现得十分成功。此诗前两联写初闻喜讯时喜极而泣的第一反应，因为这是经历了多少磨难期盼后才得到的喜讯，其中包含了太多的感慨，喜极而泣是十分真实的心理活动的表现。接着又写妻子的“愁何在”作为衬托，写出了全家人的欣喜，也写出了每个人的不同反应。“喜欲狂”的情绪终于感染了所有人，于是全家人立刻开始计划还乡，后两联便以此作为主题。因为他们在异乡漂泊已太久，此时的最大心愿就是尽快重返家园。诗的最后便具体写出了他们所计划的行程，以此来表现他们的思乡之切。与表现喜的感情相适应，此诗的节奏、格调十分欢快流畅。律诗因使用对仗，往往比较典重乃至迟涩。此诗却融入了歌行的意味，尤其是尾联，本来不必用对偶，但诗人却有意用四个地名组成“流水对”，使节奏更显流动欢快。

释　闷[1]

四海十年不解兵，犬戎也复临咸京[2]。
失道非关出襄野，扬鞭忽是过湖城[3]。
豺狼塞路人断绝，烽火照夜尸纵横。
天子亦应厌奔走，群公固合思升平。
但恐诛求不改辙，闻道嬖孽能全生[4]。
江边老翁错料事，眼暗不见风尘清[5]。

【注释】

1　广德二年（764）春杜甫携家自梓州至阆州时作。释闷：排遣愁闷。

2　十年：天宝十四载（755）安史之乱爆发，至此年为十年。犬戎：《左传·闵公二年》：“虢公败犬戎于渭汭。”杜预注：“犬戎，西戎别在中国者。”唐人以称吐蕃。咸京：秦都咸阳，此指长安。广德元年（763）十月，吐蕃攻入长安，代宗出奔陕州。

3　“失道”二句：《庄子·徐无鬼》：“黄帝将见大隗于具茨之山……至于襄城之野，七圣皆迷，无所问途。”《晋书·明帝纪》：“（王）敦将举兵内向，帝密知之，乃乘巴滇骏马微行，至于湖，阴察敦营垒而出。有军士疑帝非常人。又敦正昼寝，梦日环其城，惊起……于是使五骑物色追帝。帝亦驰去……见逆旅卖食妪，以七宝鞭与之，曰：‘后有骑来，可以此示也。’俄而追者至，问妪，妪曰：‘去已远矣。’因以鞭示之。五骑传玩，稽留遂久。”二句以帝王失道逃亡之典喻代宗出逃，但代宗之仓皇出逃又不同于黄帝之迷路和晋明帝之探察敌垒。

4 诛求：责求，勒索。《左传·襄公三十一年》：“以敝邑褊小，介于大国，诛求无时。”嬖（bì）孽：嬖是帝王的宠幸，孽是妖害。此指代宗宠幸的宦官程元振，为骠骑大将军、判元帅行军司马，专权自恣，诸将有功者皆欲加害，吐蕃入寇之初不及时进奏，致使代宗出逃。十一月，代宗以其曾有保护之功，仅削其官爵，放归田里。

5 江边老翁：杜甫自谓。错料事：谓时局变化在自己意料之外。风尘清：喻时局平定。

【解读】

讨伐史朝义得胜的当年，代宗改元广德，大赦天下。但就在这年七月，吐蕃大举入侵，尽取河西、陇右之地，并于十月攻入长安，逼得代宗仓皇出逃。不久前还为胜利而欣喜欲狂的诗人，此时再度为国家命运陷入深深的忧虑之中。尽管诗人远在蜀中，自己也在避乱流寓之中，从此诗可以看出，他不但时刻关注政局变化，而且对朝内政治斗争的情况也了如指掌，以一个远离朝廷的“江边老翁”身份仍要就朝政大计发表自己的看法。这是一首十二句的七言排律，这种诗体很少有人采用，杜诗中也只数首。杜甫在写这首诗时恐怕觉得，只用八句或分成数首，都不足以一气贯注地将他所要说的话充分表达出来。在用前六句叙述犬戎入侵、天子蒙尘之后，作者忍不住加入议论，当然还是采用相对委婉的表达方式。他说“天子亦应厌奔走，群公固合思升平”，其实不止天子应厌、群公合思，天下谁人不厌？谁人不思？这里没有正面谴责天子、群公的意思，但他们难道止于厌和思就行了吗？他们在此之外就没有进一步的责任吗？他说“但恐诛求不改辙，闻道嬖孽能全生”，明确指出朝政举措不当是导致目前局面的重要原因，用“但恐”以示对未来的担心，便给当政者留了面子。“嬖孽全生”则只言事实，但谴责之意不言而喻。最后，诗人言自己“错料事”，时局的变化完全没有按照自己和人民的意愿那样发展，这是他的愁闷和伤心始终挥之不去的原因所在。这首诗具有政论诗的基本格局，与作者为官时期所作政论诗不同，作者显然没有指望它发挥政论的作用，而只是把它作为江边老翁的释闷之作。只不过关注政局始终是作者生活的重要内容，这种写作方式也已成为他的习惯。

将赴成都草堂途中有作先寄严郑公五首（选一）[1]

常苦沙崩损药栏，也从江槛落风湍[2]。
新松恨不高千尺，恶竹应须斩万竿[3]。
生理只凭黄阁老，衰颜欲付紫金丹[4]。
三年奔走空皮骨[5]，信有人间行路难。

【注释】

1　严郑公：严武，广德元年（763）封郑国公，迁黄门侍郎。严武于宝应元年（762）六月奉诏离成都，广德二年（764）二月再度被任命为成都尹兼剑南节度使。杜甫本年正月本拟自阆州下峡出蜀，但在严武重镇蜀、得到邀请后取消计划重返成都。

2　药栏：见《宾至》注4。从：听从。江槛：江边木槛。风湍：风浪。二句所言均为草堂中的设施。

3　新松、恶竹：均就草堂所植而言。竹生速，侵地多，故言恶。以上四句写草堂景物。

4　生理：生计。黄阁老：指严武。唐代中书、门下两省官员相呼为阁老。《汉旧仪》卷上：“丞相……听事阁曰黄阁。”严武迁黄门侍郎，故以此相称。紫金丹：即金丹，道教服食药物。

5　三年奔走：杜甫自宝应元年告别严武，其后避乱至梓州、阆州，至此年为三年。空皮骨：空有皮骨，指自己。

【解读】

杜甫在漂泊西南、寓居成都期间，又因避乱有“三年奔走”（前后历三年，非三整年）的经历。诗人原已打算去蜀东下，但因严武的关系又改变计划，重回成都。在写给严武的这组诗中，杜甫一方面表达对严武的感激和期盼，另一方面表达对草堂生活的怀念，想象草堂在他离去后会荒芜成什么样子。这首诗前半写草堂中的药、槛、松、竹，它们曾经被崩损、被毁坏，但诗人还是充满深情地怀念着。三、四两句为杜诗名句，原本只是回忆在修剪草木时如何爱护小松、芟削丛竹，但在下笔时却被加入特殊的感情色彩：一向作为高洁之物的竹，因丛生太密的原因，在与更需呵护的新生小松的对比中竟成了必须斩去的“恶竹”，而且诗人的语气是那么斩钉截铁。诗人在这样写时，未必有某种道德上的联想，但心情一定是很痛快的：他回想中的草堂，或者说他理想的生活世界，就应当被整治得如此美好。诗的后半表示对严武的期待，并感慨三年的漂流生活。尽管我们知道草堂生活也充满了酸辛，而杜甫真正的家乡是在洛阳附近的陆浑山庄，但在三年奔走生活之后，相对平静的草堂竟成了诗人一心向往的栖息之地。

草　堂[1]

昔我去草堂，蛮夷塞成都[2]。
今我归草堂，成都适无虞[3]。
请陈初乱时，反复乃须臾[4]。
大将赴朝廷，群小起异图[5]。
中宵斩白马，盟歃气已粗[6]。
西取邛南兵，北断剑阁隅[7]。
布衣数十人，亦拥专城居[8]。
其势不两大，始闻蕃汉殊[9]。
西卒却倒戈，贼臣互相诛[10]。
焉知肘腋祸，自及枭獍徒[11]。
义士皆痛愤，纪纲乱相逾[12]。
一国实三公，万人欲为鱼[13]。
唱和作威福，孰肯辨无辜？
眼前列杻械，背后吹笙竽[14]。
谈笑行杀戮，溅血满长衢[15]。
到今用钺地，风雨闻号呼[16]。
鬼妾与鬼马，色悲充尔娱[17]。
国家法令在，此又足惊吁[18]！

贱子且奔走，三年望东吴[19]。
弧矢暗江海，难为游五湖[20]。
不忍竟舍此，复来薙榛芜[21]。
入门四松在，步屧万竹疏[22]。
旧犬喜我归，低徊入衣裾[23]。
邻里喜我归，沽酒携胡芦。
大官喜我来，遣骑问所须。
城郭喜我来，宾客隘村墟[24]。
天下尚未宁，健儿胜腐儒[25]。
飘飖风尘际，何地置老夫？
于时见疣赘，骨髓幸未枯[26]。
饮啄愧残生，食薇不敢馀[27]。

【注释】

1　广德二年（764）春自阆州回成都后作。诗中回忆了徐知道叛乱发生的情况。

2　“昔我”二句：宝应元年（762）六月严武奉诏离成都还京，杜甫至绵州送行。七月，剑南兵马使徐知道据成都反。徐知道作乱时曾联结西南羌夷之族，故“蛮夷塞成都”。

3　无虞：无忧。

4　反复：指叛乱。须臾：短暂瞬间。此句叙述叛乱突然发生。

5　“大将”句：指严武奉诏还京。群小：指徐知道之党。异图：图谋不轨。

6　中宵：半夜。斩白马：古有杀白马盟誓之事。盟歃（shà）：歃血为盟。古人盟誓时口含血。

7　邛（qióng）南：邛州，今四川邛崃。邛州以南当时为内附的羌夷族聚居地区，唐军征调其子弟为兵。徐知道作乱时引其为助。剑阁：见《剑门》诗注 1。隅：山角。徐知道叛乱时派兵驻守要道，阻断入蜀之路。

8　布衣：指参与作乱者，本无官职。专城居：一州之长。汉乐府《陌上桑》：“三十侍中郎，四十专城居。”

9　不两大：相互争权，不能两立。蕃汉殊：叛军内部的羌夷族与汉族发生争斗。

10　“西卒”二句：是年八月，徐知道为其将李忠厚所杀。西卒即上文所言“西取邛南兵”。

11　肘腋祸：喻祸乱起于自身。《晋书·江统传》：“寇发心腹，害起肘腋。”枭獍（jìng）：传说中枭为食母的恶鸟，獍为食父的恶兽，喻凶恶忘恩之人。

12　纪纲：法制。乱相逾：遭受破坏。

13　一国三公：《左传·僖公五年》：“一国三公，吾谁适从？”指政出多门。欲为鱼：《左传·昭公元年》：“刘子曰：……微禹，吾其鱼乎？”此指百姓惨遭蹂躏。

14　杻（chǒu）械：刑具，手铐脚镣。笙竽：均为簧管乐器。此写行刑杀戮者同时寻欢作乐。

15 长衢：长街。

16 用钺地：行刑之地。钺为古代兵器，斧形。

17 鬼妾、鬼马：指被杀戮者的妻妾和马，因其主人已死，故称。

18 以上十六句旧注以为是述李忠厚杀徐知道后纵兵滥杀无辜。按，平定徐知道之乱后的情况史书缺载，杜诗所记当是指平乱后的滥杀无辜，有人被任意指为徐知道之党而遭杀戮。杜甫在乱平后一直漂寓在外，也是怕牵连在内。

19 贱子：杜甫自称。三年：指自宝应元年（762）至广德二年（764）。东吴：古吴地，今江苏、安徽南部。

20 弧矢：弓箭。代指战乱。五湖：一指太湖，一指具区、洮滆、彭蠡、青草、洞庭五湖。

21 薙（tì）榛芜：铲除杂草。

22 步屧：见《遭田父泥饮美严中丞》注2。

23 衣裾（jū）：衣服前襟。

24 以上八句模仿北朝民歌《木兰辞》："爷娘闻女来，出郭相扶将。阿姊闻妹来，当户理红妆。小弟闻姊来，磨刀霍霍向猪羊。"

25 健儿：兵士。腐儒：儒生，杜甫自谓。

26 疣（yóu）赘：多馀的肉瘤。此言儒生于世无用。骨髓未枯：言生命尚存。

27 饮啄：见《凤凰台》注6。此指饮食。食薇：《史记·伯夷列传》载：伯夷、叔齐隐于首阳山，采薇而食之。此言自己在野食薇，自甘清贫。

【解读】

《草堂》诗完整记述了成都徐知道之乱、杜甫被迫流寓以及最后重返草堂的经过。徐知道之乱缺乏史料记载，这首诗可补史料之缺，因此被看作杜诗“诗史”性质的例证之一。但诗歌纪事毕竟有局限，所以此诗的史料性还是相对模糊，后代注家也有把握不准之处。徐知道叛乱的时间仅止一月，便被部下所杀。但在徐被杀后，成都却在一段时间内陷入“一国三公”、政出无门的混乱局面，甚至出现以平叛为名、滥杀无辜的情况，使人民陷入极度惊恐之中。我们看到的不是一次简单的叛乱与平叛之间的斗争，而是一场军阀混战，其中有“蕃汉”冲突的因素，有叛军内部的“贼臣互相诛”，更有“唱和作威福”、“谈笑行杀戮”的平叛之人。作者所谓“此又足惊吁”，正是指这种局面。事实上，杜甫由于在成都时曾与徐知道有来往（所作《徐卿二子歌》便是写给徐的），所以在平叛后一年多不敢贸然回成都。他本来是为避难而入蜀，哪想到难中再次逃难，蜀地竟如此混乱不堪。此时，由于有“大官”庇护，杜甫终于可以重返草堂，心情应该是轻松的，所以有意模仿《木兰辞》中返乡一段，来表达欢快之意。但痛定思痛，诗人痛感自己在夹缝中求生的艰难，痛感自己如此卑微无用，以致觉得在天地之间已无置身之地，称自己为

"疣赘"，生活不过是延续残生罢了。自此，诗人愈来愈难摆脱这种浓重的悲观情绪。

登 楼[1]

花近高楼伤客心，万方多难此登临[2]。
锦江春色来天地，玉垒浮云变古今[3]。
北极朝廷终不改，西山寇盗莫相侵[4]。
可怜后主还祠庙，日暮聊为梁甫吟[5]。

【注释】

1 广德二年（764）春在成都作。

2 万方多难：广德元年（763），吐蕃入侵河西、陇右，一度攻占长安。十二月又陷松、维、保三州及云山新筑二城，剑南西山诸州亦入于吐蕃。

3 锦江：见《堂成》注 2。玉垒：玉垒山，在成都府灌县西北。

4 北极：北辰。喻帝位所在。《尔雅·释天》："北极谓之北辰。"《论语·为政》："子曰：为政以德，譬如北辰，居其所而众星共之。"广德元年十月吐蕃入长安，立广武王承宏为帝，留十五日而退。十二月，代宗还长安，承宏逃匿草野，赦不诛。诗言"朝廷终不改"，指此。西山寇盗：指吐蕃，时侵占剑南西山。

5 后主：三国蜀后主刘禅，先主刘备死后在诸葛亮辅佐下即位，后降司马氏。后主庙在成都城外先主庙东侧。梁甫吟：古调名，原为挽歌。《三国志·蜀书·诸葛亮传》载：诸葛亮躬耕陇亩，好为《梁甫吟》。

【解读】

这是一篇感伤时事之作，但以《登楼》为题，以登临远眺起，又接以三、四两句十分壮阔之景色描写。但诗人在次句已点明登临之特殊时刻——“万方多难”，景色描写中的“色来天地”、“云变古今”也有一层象征含意，接下来五、六两句便正面交待时事：远者长安帝位化危为安，近者西山寇盗威胁成都，二者都与吐蕃入侵有关。末二句应是对时事的评论，但诗人却宕开一笔，提到蜀后主刘禅的祠庙尚在，又提到曾经辅佐他、鞠躬尽瘁的诸葛亮喜咏的《梁甫吟》。后主祠是当地名胜，以此收结照应起笔之登临远望，自然十分合理。但作者将后主“还祠庙”紧接在实为本诗评论中心的朝廷帝位终不改之后，显然暗示二者之间有一种暗喻关系。当时读者或许还未暇多想，但后来熟谙此段史实的注家和读者却从中读出了很多意味。只不过这种暗喻的意义域界是较广而模糊的，宽泛地说只是在历史兴亡中能感觉到的很多似曾相识之处。如果硬要坐实为代宗与后主谁更不争气、大唐之德与蜀主之恩是否同在人心的比较，那反而成了对诗意的一种破坏。这首诗包含了写景、言时事、怀古、议论等各种因素，既有清晰的层次和意义转换关系，又有更深一层的暗喻的、较模糊的意义关联，这种写法尤其适合于律诗的结构形式。杜律向称耐读，令人回味无穷，由此诗可窥一斑。

宿　府[1]

清秋幕府井梧寒，独宿江城蜡炬残[2]。
永夜角声悲自语，中天月色好谁看[3]？
风尘荏苒音书绝[4]，关塞萧条行路难。
已忍伶俜十年事，强移栖息一枝安[5]。

【注释】

1　广德二年（764）杜甫被严武表为参谋、检校工部员外郎，此诗为在严武幕府中值宿作。

2　幕府：原指行军作战中将帅指挥机构，设于帐幕之中。唐代节度使和地方长官兼有军事指挥权，其下属机构亦称幕府。井梧：梧桐树生于井边。江城：指成都。

3　永夜：长夜。

4　荏苒（rěn rǎn）：时光逐渐推移。

5　伶俜：见《新安吏》注5。一枝：见《秦州杂诗二十首》其二十注4。

【解读】

杜甫入严武幕，并有了“工部员外郎”之衔，境况似大为改善。这首诗是一次在幕府值宿时作，前四句即写当夜所见。一、二句写幕府室外和室内，两个中心意象，井梧见秋寒，蜡炬见夜残。三、四句则扩大为耳目所及的永夜角声、中天好月，杜诗的悲凉阔大之气扑面而来。然而，杜诗，尤其是律诗中，任何一个规定时间场景的描写都不会止于场景本身。后四句回头写诗人，写他的万千思绪，写他为何置身此地，关塞阻隔，十年飘零，眼下不过是一枝偷安罢了。前四句之所以有那样的描写和格调，皆因此场景为宿府者而设，其后有如此多的感慨和意蕴。此诗的题目，是一般文人差不多都能作的。但假若放在如“大历十才子”之类诗人笔下，恐怕就只能包含一些肤泛的宦情感伤，写出的场景也就见不出特色。杜诗中意象的选择、语言的锤炼，固然不易企及，但其中任何一个场景的丰富意蕴才是真正难以模仿的。

丹青引赠曹将军霸[1]

将军魏武之子孙，于今为庶为清门[2]。
英雄割据虽已矣，文采风流今尚存[3]。
学书初学卫夫人，但恨无过王右军[4]。
丹青不知老将至，富贵于我如浮云[5]。
开元之中常引见，承恩数上南薰殿[6]。
凌烟功臣少颜色[7]，将军下笔开生面。
良相头上进贤冠，猛将腰间大羽箭[8]。
褒公鄂公毛发动，英姿飒爽来酣战[9]。
先帝御马玉花骢，画工如山貌不同[10]。
是日牵来赤墀下，迥立阊阖生长风[11]。
诏谓将军拂绢素，意匠惨淡经营中[12]。
斯须九重真龙出，一洗万古凡马空[13]。
玉花却在御榻上，榻上庭前屹相向[14]。
至尊含笑催赐金，圉人太仆皆惆怅[15]。
弟子韩幹早入室，亦能画马穷殊相[16]。
幹惟画肉不画骨，忍使骅骝气凋丧[17]。
将军善画盖有神，偶逢佳士亦写真[18]。
即今漂泊干戈际，屡貌寻常行路人[19]。

穷途反遭俗眼白[20]，世上未有如公贫。

但看古来盛名下，终日坎壈缠其身[21]。

【注释】

1　丹青：绘画用的颜料，代指绘画。引：与歌、行等同为乐曲名称，后成为诗体名称。曹将军霸：曹霸，魏曹髦（曹操曾孙）之后，开元中已有画名，官至左武卫将军。玄宗末年得罪，削籍为庶人。此诗为杜甫在成都赠曹霸之作。

2　魏武：魏武帝曹操。庶：庶人，平民。清门：清贯。《南齐书·张欣泰传》：“卿不乐为武职驱使，当处卿以清贯。”

3　英雄割据：指曹操父子统一北方、代汉而立之事业。文采风流：曹氏长于诗歌，故云。

4　卫夫人：晋书法家，名铄，李矩之妻。王羲之尝师之。王右军：王羲之，晋书法家，书法为古今之冠，官右军将军。

5　“富贵”句：《论语·述而》：“子曰：……不义而富且贵，于我如浮云。”

6　开元：唐玄宗年号。承恩：承皇帝恩旨。南薰殿：在长安兴庆宫内。

7　凌烟：凌烟阁，在长安西内（宫城）。唐太宗贞观十七年，命阎立本图画功臣二十四人于凌烟阁。少颜色：

谓旧画颜色暗淡。

8　进贤冠：古缁布冠，文儒者所服。大羽箭：一种四羽大杆长箭。

9　褒公：褒国公段志玄。鄂公：鄂国公尉迟敬德。二人均位列二十四功臣。毛发动：形容画中人物形貌如生。飒爽：威武貌。酣战：久战。

10　先帝：指玄宗。玉花骢（cōng）：唐玄宗所乘马。骢为青白色马。画工如山：形容画工之多。貌不同：所绘形象与真马有别。

11　赤墀：即丹墀。宫殿台阶，以丹涂之。迥立：特立。阊阖（chāng hé）：天宫之门。此代指皇宫之门。

12　拂绢素：以手拂绢，准备作画。绢素，白色的绢，作画所用。意匠：指用心构思。陆机《文赋》：“辞程才以效伎，意司契而为匠。”惨淡：形容苦心经营。

13　斯须：片刻。九重：《楚辞·九辩》：“君之门兮九重。”代指皇宫。真龙：形容画马如真。马高八尺曰龙。“一洗”句：谓曹霸所绘压倒古来画马凡庸之作。

14　御榻：皇帝坐榻。榻上庭前：分指榻上画马与庭前真马。屹：屹立。

15　至尊：皇帝。圉（yǔ）人：养马人。太仆：掌舆马的官。惆怅：失意貌。此形容众人惊异失色。

16　韩幹：著名画家，初为曹霸弟子，擅画人物鞍马，官至太府寺丞。入室：得老师嫡传的弟子。《论语·先进》：“由也升堂矣，未入于室也。”穷殊相：穷尽各种奇异之相。

17　画肉：韩幹画马肥大，故称其画肉。骅骝（huá liú）：骏马名。气凋丧：丧失神气。

18　有神：有神助，非常人所及。写真：为人画肖像。

19　干戈：武器名，代指战乱。貌：用如动词，画像。

20　俗眼白：遭俗人白眼，被人轻视。

21　坎壈（lǎn）：困顿，不得志。

【解读】

唐人喜用诗歌歌咏其他艺术，如歌舞音乐、书法、绘画等。其中运用最多、描绘最生动的，则是七言歌行诗体，盖因这种诗体可以容纳各种场景和叙事因素。杜甫有多首题画诗，大多为单幅作品而作。这首《丹青引》则是对一位画家的艺术成就作全面描绘，也是唐代七言歌行中歌咏绘画艺术的最杰出之作。诗中着重介绍了曹霸最擅长的人物与马两类绘画题材，两段描写又各有不同。写曹霸重绘凌烟功臣图，是从欣赏成作入笔，描绘画作的生动艺术效果。写曹霸画马，则描述了其整个创作过程，这个过程比结果似乎更具有艺术神话的意味，所以写画马的这一段成为全诗最精彩的部分。绘画是静止的空间艺术，音乐是流动的时间艺术，诗歌可能较近于音乐，但却可以兼取二者之长，不受任何拘束。在用诗歌描写绘画或音乐时，最令我们感兴趣的可能就是诗人怎样尽其所能，化时间为空间，化空间为时间，用诗的特殊方式来捕捉绘画或音乐的艺术感觉。写曹霸画马，令我们联想起《庄子》写庖丁解牛，也可以说是用诗来叙述绘画的一种特殊方式吧。除了对绘画艺术的介绍外，这首诗还对曹霸的身世唏嘘不已。从这种感慨中，我们也可以感觉到作者对自己身世的感伤。在同一时期，作者还有多篇作品回忆开元全盛日的人物风采、艺术遗传。这些歌咏艺术和艺术家之作，以一种最艺术化的方式追怀盛世，蕴含了诗人的丰富人生感慨。

忆昔二首（选一）

忆昔开元全盛日，小邑犹藏万家室[1]。
稻米流脂粟米白，公私仓廪俱丰实[2]。
九州道路无豺虎[3]，远行不劳吉日出。
齐纨鲁缟车班班，男耕女桑不相失[4]。
宫中圣人奏云门，天下朋友皆胶漆[5]。
百馀年间未灾变，叔孙礼乐萧何律[6]。
岂闻一绢直万钱，有田种谷今流血[7]。
洛阳宫殿烧焚尽，宗庙新除狐兔穴[8]。
伤心不忍问耆旧[9]，复恐初从乱离说。
小臣鲁钝无所能，朝廷记识蒙禄秩[10]。
周宣中兴望我皇，洒血江汉身衰疾[11]。

【注释】

1　开元：唐玄宗年号，计二十九年（713—741）。“小邑”句：谓小城邑犹有万户人家。

2　流脂：形容稻米饱满。粟米：即今之小米。粟米色黄，精臼故色白。仓廪（lǐn）：仓库。藏谷曰仓，藏米曰廪。

3　九州：古九州，见《尚书・禹贡》等，泛指中国。

4　齐纨（wán）鲁缟（gǎo）：纨为细绢，缟为素色绢。车班班：指用车将两地生产的纨缟输送各地。班班，众车声。女桑：妇女采桑养蚕。不相失：家庭和睦。

5　圣人：指皇帝。云门：周代祀天神的乐舞。此谓唐玄宗制礼作乐，敬天祭祖。胶漆：喻朋友交情紧密。《后汉书·雷义传》："乡里为之语曰：胶漆自谓坚，不如雷与陈。"

6　百馀年：指自唐高祖开国（618）至开元年间。叔孙礼乐：汉初叔孙通为汉高祖制定礼仪。萧何律：汉丞相萧何，为汉高祖作律九章。唐玄宗开元年间曾修订新礼，成《开元礼》；又删定前代律格，成《开元格》。

7　一绢：一匹绢。因字数所限省量词。直：同值。绢为唐代庸调征收的实物，又可折纳为钱，充当货币。据《通典》卷七记载，开元十三年两京绢一匹二百一十文。到代宗时，一方面生产破坏，一方面钱法大坏，盗铸风行，故出现一匹绢价值万钱之事。参见《岁晏行》注。"有田"句：谓田地变为战场。

8　"洛阳"句：洛阳宫殿被焚烧，为安史叛军所为。"宗庙"句：此指广德二年吐蕃攻占长安十五天，代宗复返。故称"新除"。

9　耆（qí）旧：年高有德之人。

10　小臣：杜甫自称。鲁钝：不精明。记识（zhì）：记忆。禄秩：俸禄、职务。此句指被朝廷授检校工部员外郎。

11　周宣：周宣王。周厉王失政，宣王中兴周室。江汉：指岷江和西汉水（嘉陵江），均流经蜀地。

【解读】

《忆昔》诗共两首，一首回忆肃宗、代宗两朝抵御安史叛军和吐蕃入侵的作战历史，评议朝政，所言时间较近。此首则回忆玄宗开元全盛日的社会景象，与战乱之后的社会凋敝作对比，视点拉得更远，感慨更为深沉。安史之乱是唐王朝由盛而衰的转折点，杜甫所亲身经历并在诗中加以对比的这前后两段生活，也是后代历史学家在从更广阔的视野观察历史时所截取的一条重要历史分界线。于是，杜甫的这种带有强烈感情色彩的个人回忆和文学表现，成为一个历史见证人的证词，具有了更为深广的历史学意义，其中的具体描写也被许多历史学家当作具有实证意义的证据采纳。不过，诗与回忆录或历史著作毕竟不同。杜甫在此诗中着意强调的是，社会天翻地覆的变化所造成的强烈反差，感受性更强于实证性。诗人也不太在意细节的描写，记录整个开元盛世也不过十二句，其中还有四句是歌颂玄宗如何复兴礼乐。甚至对唐王朝主要历史的叙述，也有明显缺省（当然是有意的）。如“百馀年间未灾变”，至少忽略了如武周夺政这样大的灾变。所以这首诗所提供的开元盛世图景，只是开元社会的景象之一，而且是经过一位老人的回忆、将某些成分有意或无意遮蔽后的图景。这并不是说这首诗不“真实”，而是说诗的真实与历史学的真实是有不同标准的。即便是读以“诗史”著称的杜诗，也不能忘记这种区别。

去　蜀[1]

五载客蜀郡，一年居梓州[2]。
如何关塞阻，转作潇湘游[3]。
万事已黄发，残生随白鸥[4]。
安危大臣在[5]，何必泪长流。

【注释】

1　永泰元年（765）四月严武去世，杜甫失去依靠，五月离成都，乘舟东下。

2　五载：杜甫于乾元二年（759）末抵成都，其中有一年多的时间避乱流寓梓州、阆州，在成都约五年。蜀郡：成都。一年：广德元年（763）杜甫在梓州。梓州：今四川三台。

3　潇湘：潇水、湘水，在今湖南省境内。杜甫本欲返洛阳，但因关塞阻隔，不能北去，此次离蜀欲往潇湘一带。

4　黄发：指老年。人年老发黄。随白鸥：谓将如鸥鸟一样漂荡。

5　大臣：指朝内大臣。

【解读】

在蜀中生活五年多之后，杜甫终于告别蜀地，再次踏上漂泊之旅。在离开蜀地时所作的这首五律，可以看作是诗人对蜀中生活的回顾总结。其中一、二句概括居蜀生活，三、四句解释去向，后四句则瞻望前程，表现自己近于绝望的心境。不过五十岁出头，但诗人所想到的只是“残生”、“黄发”，感觉自己不但一无所用，而且完全无法把握未来。所谓“安危大臣在，何必泪长流”，是对政治和国事非常绝望的表示，但之所以用这种语言，恰恰说明他始终是系心国事的，国家命运与他的个人经历始终是密切相关的。作者将数年的经历、复杂的感受凝练在这四十字中，其中每一句下面都包含着需要用许多话来解释的东西。这种简练的总结，与作者另外那些长篇回忆的作品恰好相互补充，各具胜义。

旅夜书怀

细草微风岸，危樯独夜舟[1]。
星垂平野阔，月涌大江流[2]。
名岂文章著，官应老病休。
飘飘何所似？天地一沙鸥[3]。

【注释】

1 危樯：高的桅杆。危，高。

2 月涌：月从江面上升出。大江：长江。

3 沙鸥：鸥鸟，栖息于沙上。

【解读】

这首诗是杜甫去蜀后乘舟下渝州、忠州途中所作。这时，诗人舟行在长江上，当夜色降临、星月初现，看着无数诗人歌咏过的大江，牵动诗思，于是有了此诗的前四句。这四句境界开阔，堪与李白的“山随平野尽，江入大荒流”媲美。不过，正如诗题所示，“书怀”才是此诗主旨所在。当此静谧之夜，诗人的心情也较为平静，于是有了五、六两句对自己人生的静思反省。这两句一句讲文章，一句讲政事，概括了自己半生的追求和经历（不止限于蜀中）。我们记得杜甫在初到长安所作《奉赠韦左丞丈二十二韵》中，也是从文章和政治才能两个方面来作自我介绍。那时是自负和充满期待，现在一切都经历过了，成了过去时，诗人的总结则颇耐回味。“名岂文章著”是反问，诗人确实因文章而著名了，但他却要反问一下这个“名”的由来，反问一下自己曾有的这种追求。“官应老病休”是交待事实，近者是指罢幕离蜀，远者也可包括罢左拾遗以来的经历，诗人给出了“老病”的理由，其他则是说不出来和不必说的。这两句自我断语显得否定和消极的意味较重，但我们可以读出愤懑，也可以读出老年的弃舍和平和。回到旅途漂泊来，诗人给出了一个诗意的、富于象征性的画面：“飘飘何所似，天地一沙鸥。”那沙鸥当然象征着诗人，在这天地和沙鸥之间，人们又会生出很多的联想和解释。联想和解释是读者的权利，诗人只要给出一个这样印象深刻的画面就足矣。

白帝城最高楼[1]

城尖径仄旌旆愁，独立缥缈之飞楼[2]。
峡坼云霾龙虎睡，江清日抱鼋鼍游[3]。
扶桑西枝对断石，弱水东影随长流[4]。
杖藜叹世者谁子？泣血迸空回白头[5]。

【注释】

1 大历元年（766）暮春杜甫自云安到夔州后作。白帝城：在夔州东南，今重庆市奉节东白帝山上。东汉初公孙述据蜀，称白帝，在此筑城。

2 城尖：城处白帝山顶，故称尖。径仄：山路陡峭。旌旆愁：旌旗亦显愁颜，言其险峻。缥缈：似有若无貌，此形容楼高。之：的，结构助词。

3 峡坼（chè）：江水破峡而出，如断裂一般。云霾（mái）：云气混浊。龙虎睡：山石蟠屈，势如龙虎睡卧。日抱：日照。鼋鼍（yuán tuó）：鼋为鳖属，鼍为鳄鱼，均为江中水族。

4 扶桑：传说中的神木，生于东方日出之处。弱水：传说在西方昆仑山下。这两句写登高远望，山崖似东对扶桑，江水似西连弱水。

5 杖藜：以藜为杖。叹世者：杜甫自谓。泣血：见《新安吏》注13。迸空：谓泪水洒落空中。

【解读】

这首诗是作者初到夔州登白帝城望长江而作。长江至此入峡，山形险峻，江水湍急，诗人笔下的景象也随之改观。诗人独立飞楼之上，所见江峡景象颇为壮观而又带几分诡谲。接下来诗人更联想及扶桑、弱水，又增加几分神异气氛。面对此险异景象，诗人用“泣血迸空”来表现其悲哀，也异于一般的感情描写。与这种景象描写相配合，此诗在形式上也寻求打破常规定格，在律体中自创一种拗格。第二句平仄为“仄仄平仄平平平”，第四句为“平平仄仄平平平”，第五、六句更是“平平平平仄仄仄，仄仄平仄平平平”，均为有意破坏定式。此外，“缥缈之飞楼”、“叹世者谁子”故意嵌入虚字，也是为了追求一种语言陌生化效果。这首别具一格的作品反映出杜甫在律诗艺术上的探索，他既喜欢运用这样一种形式限定极严格的诗体来表现各种复杂内容，又有意突破、变换其形式来不断寻求新的艺术趣味。

八阵图[1]

功盖三分国，名成八阵图[2]。

江流石不转，遗恨失吞吴[3]。

【注释】

1　大历元年（766）在夔州作。传说诸葛亮所布八阵图有多处，此诗所咏在鱼复县（即夔州）永安宫南江滩上。

2　功盖：功业盖世。三分国：即魏、蜀、吴三国。八阵：即天、地、风、云、飞龙、翔鸟、虎翼、蛇盘八阵。东汉窦宪曾勒八阵击匈奴，是此阵名出于诸葛亮之前。

3　“江流”句：据唐刘禹锡《刘宾客嘉话录》记载：夔州八阵图峡水大时尽没，及水落平川，万物皆失故态，惟八阵图小石之堆，标聚行列依然。失吞吴，一说失指丧失，诗意以丧失吞吴之机为遗恨。一说失指过失，诗意谓诸葛亮制定联吴抗魏之方略，刘备为报关羽被杀之仇，兴兵伐吴，以致兵败，故诸葛亮以吞吴之失为恨。

【解读】

杜甫对诸葛亮的景仰歌颂，已见于前《蜀相》诗。此诗咏八阵图遗迹，以更简练的二十字，在概括诸葛亮的功业之后，将结笔落于“遗恨”二字，更突出了其事业的悲剧性。“失吞吴”之句历来有不同理解，这种歧义可能不属于作者有意运用的诗意含混（ambiguity），而是属于因句式压缩和汉语字义本身的歧异而造成的语义歧解（polysemy）。也就是说，作者的原意应是明确唯一的，只是在表达时遇到限制，在传播中产生歧义。不过，把“失”字的歧义先放置一边，我们也可以读出“遗恨”至少有以下几层含意：在策略层面上，诸葛亮一直视曹魏为主要敌人，以北伐为根本大计，但是蜀却因“吞吴”之失而遭受致命打击，这是人谋不及之恨。在历史层面上，尽管诸葛亮有功盖三分之绩，有鞠躬尽瘁之业，但蜀仍无法避免“吞吴”这个看似偶然的失败，最终无力实现统一之业，这是无力回天、人算不及天算之恨。由此可见，此诗所言“遗恨”，是人们在读历史这部难解的大书时常常会有的兴叹。至于“失”的理解歧义，其实也不是单纯的语言歧义，而是由于不同读者对历史，包括具体历史人物的动机、行为，有不同的解读和揣测所造成的。

负薪行

夔州处女发半华[1]，四十五十无夫家。
更遭丧乱嫁不售，一生抱恨堪咨嗟[2]。
土风坐男使女立，应当门户女出入[3]。
十犹八九负薪归，卖薪得钱当供给[4]。
至老双鬟只垂颈，野花山叶银钗并[5]。
筋力登危集市门，死生射利兼盐井[6]。
面妆首饰杂啼痕，地褊衣寒困石根[7]。
若道巫山女粗丑，何得此有昭君村[8]？

【注释】

1　处女：未结婚的女子。发半华：头发半白。华，花白。

2　不售：意愿不能实现。咨嗟：叹息。

3　应当门户：即主持门户，当家。

4　十犹八九：即十有八九。有、犹，古通。供给：供应一家生活。

5　双鬟：唐时妇女未嫁前结发为双鬟，出嫁后合为一。白居易《井底引银瓶》：“感君松柏化为心，暗合双鬟逐君去。”银钗：妇女头饰。

6　筋力：气力。登危：登高。死生射利：冒死求利。

射，求取。兼盐井：指兼任贩运井盐。蜀地产井盐。

7　地褊（biǎn）：地狭。石根：即山根，山角。

8　巫山：在长江边巫山县（今重庆巫山）境，属夔州。昭君村：在归州兴山县（今湖北兴山）南，汉王昭君生于此。王昭君名嫱，汉元帝之妃，被遣嫁匈奴呼韩邪单于。

【解读】

见后一首《最能行》。

最能行[1]

峡中丈夫绝轻死，少在公门多在水[2]。
富豪有钱驾大舸，贫穷取给行艓子[3]。
小儿学问止论语，大儿结束随商旅[4]。
欹帆侧柁入波涛，撇漩捎濆无险阻[5]。
朝发白帝暮江陵，顷来目击信有征[6]。
瞿塘漫天虎须怒，归州长年行最能[7]。
此乡之人器量窄，误竞南风疏北客[8]。
若道士无英俊才，何得山有屈原宅[9]？

【注释】

1 最能：即取诗中“归州长年行最能”之意为题，指驾船能手。

2 峡中：指长江三峡。夔州在瞿塘峡畔。绝：极其。公门：指官府。

3 舸（gě）：大船。取给：供给，维持生计。《旧唐书·张建封传》：“京师游手堕业者数千万家，无土著生业，仰宫市取给。”艓（dié）子：小船。

4 论语：即孔门弟子所集《论语》。唐代明经科考试，《礼记》、《左传》为大经，《毛诗》、《周礼》、《仪礼》为中经，《周易》、《尚书》、《公羊传》、《谷梁传》为小经，考试者须通一大经一小经或两中经。《论语》、《孝经》须兼习，但因内容简单，不在上述大中小经之内。结束：装束，准备行装。

5 攲（qī）帆侧柁：形容船在波浪中侧斜。撇漩捎濆（fèn）：躲开漩涡，掠过浪峰。濆，浪波涌起处。

6 白帝：白帝城。见《白帝城最高楼》注1。江陵：今湖北江陵。《水经注·江水》：“有时朝发白帝，暮到江陵，其间千二百里，虽乘奔御风，不以疾也。”有征：有征验。

7 瞿塘：瞿塘峡。长江三峡之门，在夔州东一里。虎须：虎须滩，在忠州（今重庆忠县）西，有石梁绵亘三十馀丈，横截江中。归州：今湖北秭归。长年：即长年三老。蜀地对艄公的称呼。此句谓归州的梢公最擅长在峡中行船。

8 器量窄：心胸狭窄。竞南风：竞尚南方逐利之风。疏北客：怠慢北方人士。古代以南方为蛮荒之地，北方中原地区为文物衣冠之乡。

9 屈原宅：屈原故里在湖北秭归县北一百六十里。

【解读】

《负薪行》、《最能行》是杜甫记述夔州土风的两篇作品。诗人初到夔州，当地妇女持家辛苦劳作、男子竞相行舟营商的社会风俗给他留下了深刻印象，于是用他擅长的乐府歌行诗体写下这两篇具有一定纪实性的作品。但同样是记实，而且同样是记自己亲眼所见，这两篇记风俗之作与杜甫此前在安史之乱前后写作的大量记时事之作还是有所区别。记时事之作，如《兵车行》、《丽人行》、三吏三别等，其用意在记述和揭露社会问题，表现诗人的社会关怀。记风俗之作，主要着眼于风俗的差异，反映了作者身处异乡时对他所不熟悉的社会现象的疏异感和不理解。杜甫的态度也不是一个民俗学家的态度，对这些特殊社会风俗不是去调查原因，寻求一种合理的解释，而是直接用他所习惯的中原社会习俗作衡量标准，对这些风俗的特殊怪异表示吁嗟惊叹。为了强调这种怪异，他还特地引用昭君、屈原等历史名人来作对比，以表达他的疑惑不解。其实，除了地域和习俗因素之外，诗人的这种疏异感和不理解还反映了他自己身处异乡、被人疏远的处境和心情。假如作者是以一个地方官的身份出现，例如刘禹锡、白居易就有记录夔州、忠州土风的作品，他或许还会以容忍、好奇和赞许的态度来描述这类风俗。但杜甫在现实中，是一个既无权势又无依靠、一再被冷落的流寓士人。反过来，他只能通过对土风的这种评价，保持自己在文化心理上的些许优势。

白帝

白帝城中云出门，白帝城下雨翻盆[1]。
高江急峡雷霆斗[2]，古木苍藤日月昏。
戎马不如归马逸，千家今有百家存[3]。
哀哀寡妇诛求尽[4]，恸哭秋原何处村？

【注释】

1　白帝城：见《白帝城最高楼》注1。翻盆：形容雨势之大。白帝城在山上，故有这两句的描写。

2　高江：雨季江水高涨。急峡：山峡险峻，水流湍急。

3　戎马：战马。归马：放归的马。《尚书·武成》：“乃偃武修文，归马于华山之阳，放牛于桃林之野。”“千家”句：写人民或死于战乱，或逃亡他乡，十不存一。

4　哀哀：悲苦貌。《尔雅·释训》：“哀哀，悽悽，怀抱德也。”郭璞注：“悲苦征役，思所生也。”诛求：见《释闷》注4。此指人民被赋税征调盘剥殆尽。

【解读】

杜甫离开成都后，永泰元年（765）十月崔旰据成都作乱，蜀地陷入军阀混战，一直延续到次年也就是大历元年（766）秋。杜甫身处夔州，虽侥幸没有卷入此次战乱，但蜀地的战乱和人民生活的困苦是他始终关注的。这首诗题为《白帝》，在歌咏他多次登临的白帝城骤雨景象之后，很自然地转入正题，表达他对社会民生的关注。在不多的篇幅内，诗人提到了两个重大社会问题：一是战乱，二是诛求。而这二者又是纠缠在一起的：战乱导致人民死亡和流离失所，同时也使加在人民头上的“诛求”更为严重。诗中“哀哀寡妇”的形象，正是这双重灾难的承受者，极富时代典型意义。这首诗不是通过叙事记录现实，也不是典型的政论诗。写景和言时事在诗中各占一半，很自然地由前者过渡到后者。诗人是以一种写景抒情的方式，表达自己对现实的强烈关怀和悲伤心情。这种直言时事、抒发时代之情的写法，成为杜甫抒情诗中的一种重要类型，对后代文人诗作也有深远影响。当然，能够将写景言事二者很自然地衔接为一体，是由于诗人的写景具有特定的感情色彩和象征意味。白帝城下大雨倾盆、急流奔腾的景象当然并非虚构，但诗人对景象和景象的色彩是有选择的，这种动荡、昏暗、险恶的气氛很好地引导和烘托了下面所描写的时事内容。

诸将五首[1]

汉朝陵墓对南山，胡虏千秋尚入关[2]。
昨日玉鱼蒙葬地，早时金碗出人间[3]。
见愁汗马西戎逼，曾闪朱旗北斗殷[4]。
多少材官守泾渭，将军且莫破愁颜[5]。

【注释】

1　大历元年（766）秋在夔州作。这组诗针对当时吐蕃等外敌侵扰，对边防策略及武将得失加以评论，故名为“诸将”。

2　汉朝陵墓：皇帝坟称陵，公卿坟称墓。汉、唐帝王陵寝均在关中，此言汉，实指唐。南山：终南山。在长安南。胡虏：指北方和西北游牧民族入侵者。入关：关指萧关，在今宁夏固原。汉文帝十四年（前166）匈奴入萧关，烧回中宫，进至雍、甘泉。唐代宗广德元年（763），吐蕃入侵，攻占长安十五日。前后九百馀年。

3　玉鱼：韦述《西京杂记》载：长安大明宫宣政殿夜见数十骑，唐高宗使巫祝问其所由，鬼曰：“我是汉楚王戊太子，死葬于此。”巫祝宣诏为其改葬，鬼喜，愿以死时天子为其入殓的玉鱼一双为赠。后发掘时果见玉鱼宛然。早时：往日。金碗：《汉武故事》载：有人于市货玉杯，乃汉武帝茂陵中物。《南史·沈炯传》载炯表奏，有

“茂陵玉碗，遂出人间”句。此变言“金碗”，为避与“玉鱼”犯重。这两句言帝王殉葬物出现，均指言吐蕃入长安劫宫阙、焚陵寝之事。

4　见：同现。汗马：汗血马。见《洗兵马》注5。西戎逼：指永泰元年（765）秋吐蕃与回纥连兵入寇事。朱旗：赤旆。大将行军所建。北斗殷（yān）：北斗亦被染上赤色。殷，赤黑色。北斗亦喻朝廷。

5　材官：武将。泾渭：泾水、渭水。指长安周边地区。破愁颜：解愁为乐。这两句告诫关中守将，切莫松懈轻敌。

韩公本意筑三城，拟绝天骄拔汉旌[1]。
岂谓尽烦回纥马，翻然远救朔方兵[2]。
胡来不觉潼关隘，龙起犹闻晋水清[3]。
独使至尊忧社稷，诸君何以答升平[4]？

【注释】

1　韩公：张仁愿，封韩国公。中宗神龙三年（707），张仁愿于黄河北筑三受降城，从此扼绝突厥南寇之路，朔方不受寇掠。天骄：匈奴称天之骄子。此指突厥。拔汉旌：指突厥入侵。

2　回纥：见《北征》注48。翻然：反而。朔方兵：见《洗兵马》注4。这两句言引回纥兵助唐军平定安史叛军，非事先所料。

3　“胡来”句：指安史叛军攻陷潼关及近年吐蕃、回纥连兵入寇事。“龙起”句：唐高祖在太原起兵反隋，唐人称“龙跃晋水”。此引高祖起兵事，比拟代宗收复两京，平定安史叛乱。

4　至尊：指代宗。这两句责问诸将何以报答君恩，达致升平。

洛阳宫殿化为烽，休道秦关百二重[1]。
沧海未全归禹贡，蓟门何处尽尧封[2]？
朝廷衮职虽多预，天下军储不自供[3]。
稍喜临边王相国，肯销金甲事春农[4]。

【注释】

1　化为烽：化为战场。指安史叛军攻占洛阳。秦关百二：言秦地形势险要。《史记·高祖本纪》：“秦，形胜之国，带河山之险，悬隔千里，持戟百万，秦得百二焉。”

2　沧海：指山东淄青一带。归禹贡：归于国家版图。《尚书》有《禹贡》篇，叙“禹别九州……任土作贡”，故“禹贡”亦代指国境。蓟门：指河北北部。见《闻官军收河南河北》注2。尧封：周封尧之后人于蓟。这两句言安史叛军虽已平定，但其降将受封河北诸镇，仍拥兵自恣，对唐王朝构成威胁。

3　衮职：朝廷三公。时朝内大臣多兼武职，而诸镇节度使多授中书令、平章事等内职。诗言此。军储不自供：指诸镇节度使扣留赋税以做军用。

4　王相国：王缙。广德二年（764）以侍中兼东都留守，迁河南副元帅。王缙曾请减军资钱四十万贯，修东都殿宇。又王缙兼营田使职。诗言“事春农”，或指此。

回首扶桑铜柱标，冥冥氛祲未全销[1]。
越裳翡翠无消息，南海明珠久寂寥[2]。
殊锡曾为大司马，总戎皆插侍中貂[3]。
炎风朔雪天王地，只在忠良翊圣朝[4]。

【注释】

1　扶桑：唐岭南道扶桑县，属禺州。此泛指岭南一带。铜柱标：东汉马援征交趾，树两铜柱于象林南界。玄宗天宝七载曾遣何履光以兵定南诏境，复立马援铜柱。冥冥：昏暗。氛祲（jìn）：妖氛。

2　越裳：指南诏，古为越裳境。翡翠：鸟名，其羽毛美丽，可做饰物。南海明珠：唐岭南道广州南海县，产明珠。这两句说南海等地所贡翡翠、明珠，今已久无消息。

3　殊锡：破格赏赐。锡，赐。大司马：周代官职，掌军事。此指最高军事职务。总戎：统兵元帅。侍中貂：侍中为唐门下省主政官员，其冠以貂尾为饰。这两句言当时将帅被授予太尉等职，节度使带宰相之衔。

4　炎风：南方炎热之地。朔雪：北方寒冷之乡。天王地：周天子称天王。此言无论南北，皆属唐天子之地。忠良：忠臣良将。翊（yì）：辅佐。

锦江春色逐人来，巫峡清秋万壑哀[1]。
正忆往时严仆射，共迎中使望乡台[2]。
主恩前后三持节，军令分明数举杯[3]。
西蜀地形天下险，安危须仗出群材[4]。

【注释】

1　锦江：见《堂成》注2。巫峡：长江三峡之一。

2　严仆射：严武。死后追赠尚书左仆射。中使：皇帝派遣的宫内使者，由宦官担任。望乡台：在成都县北。这两句回忆在严武幕府时曾一同到望乡台迎接中使。

3　主恩：皇帝的恩典。三持节：严武三次出任蜀地长官。初以御史中丞为绵州刺史，迁东川节度使；再拜成都尹、剑南节度使；入朝后又以黄门侍郎为剑南节度使。持节，地方官奉符节出任。军令分明：节度使负有军事指挥权。数举杯：言多有饮宴之事。

4　西蜀：即蜀，地处西南。这两句感慨严武死后蜀地战乱不已，希望有出群之材安定蜀地。

【解读】

这组诗是杜甫用七律形式写作的一组政论诗，专就安史之乱爆发以来唐王朝的军事策略、将帅能否发表评论，表达对王朝安危的忧虑。由于评论涉及唐王朝与西戎、回纥、南诏等不同外敌的斗争，以及河北、西蜀等不同军事战线和战事，采用组诗形式，既便于作者高屋建瓴，纵览全局，又能具体针对局部，评骘优劣。采用七律形式，则与古体的《洗兵马》、三吏三别等作品不同，不以叙事为主，也不单纯以议论和批评见长，而是比较多地借用典故或其他意象言事，一是用来渲染气氛，二是适于在某些场合的委婉表达（如“玉鱼”、“金碗”一联）。这种形式的政论诗，不能说批评不尖锐（在杜甫同时尚无第二人作），但这种尖锐更像是绵里藏针，所表达的批评意见更需反复回味。而作者之所以需要这种形式的政论诗，也是因为他此时所取的观察视点稍远一些，评论的事件时间跨度稍长一些，所发的议论不属于对事件的第一反应，也不企求直接的批评效果。作者在此时保持了一种更为蕴藉、也更为艺术化的创作态度，七律形式恰好更适应这种创作需要，于是在杜甫后期创作中形成了这样一种新的政论诗形式。从另一方面讲，也是作者丰富律诗风格和表现力的一种积极尝试。《五家评杜》云：“《秋兴》、《诸将》同是少陵七律圣处，沉实高华，当让《秋兴》；深浑苍郁，定推《诸将》。”受这类创作影响，后代如李商隐等诗人也用七律写政论诗，继承了这种风格和形式。

秋兴八首[1]

玉露凋伤枫树林，巫山巫峡气萧森[2]。
江间波浪兼天涌，塞上风云接地阴[3]。
丛菊两开他日泪，孤舟一系故园心[4]。
寒衣处处催刀尺，白帝城高急暮砧[5]。

【注释】

1 大历元年（766）秋在夔州作。兴：感兴，读去声。

2 玉露：白露。巫山巫峡：见《负薪行》注 8、《诸将五首》之五注 1。《水经注 · 江水》："江水历峡，东迳新崩滩，其下十馀里有大巫山，其间首尾百六十里谓之巫峡，盖因山为名也。自三峡七百里中，两岸连山，略无缺处，重岩叠嶂，隐天蔽日，自非亭午夜分，不见曦月。"萧森：萧条阴森。

3 兼天：连天。塞上：绝塞之上，即巫山。

4 丛菊两开：杜甫于永泰元年（765）五月离成都，滞留云安、夔州，已两见秋菊。他日：此指往日。一系：双关，既指舟系江边，又指心系故园。

5 寒衣：冬衣。催刀尺：催促制衣。刀尺为剪裁工具。白帝城：见《白帝城最高楼》注 1。急暮砧：日暮捣衣声急。古代制衣需在砧石上捣制布帛。

夔府孤城落日斜，每依北斗望京华[1]。
听猿实下三声泪，奉使虚随八月槎[2]。
画省香炉违伏枕，山楼粉堞隐悲笳[3]。
请看石上藤萝月，已映洲前芦荻花[4]。

【注释】

1 夔府：夔州。依北斗：以北斗为标志。京华：京师，指长安。长安在北，故向北斗方向遥望。

2 “听猿”句：《水经注·江水》：“每至晴初霜旦，林寒涧肃，常有高猿长啸，属引凄异，空谷传响，哀转久绝。故渔者歌曰：巴东三峡巫峡长，猿鸣三声泪沾裳。”诗人今亲临其地，故称“实下”。“奉使”句：张华《博物志》载：旧说云天河与海通，近世有人居海渚者，年年八月有浮槎去来，不失期。人多赍粮，乘槎而去，去十馀日，至一处，见一丈夫牵牛渚次饮之。人问此是何处？答曰：君还至蜀郡访严君平则知之。后至蜀问严君平，曰：某年月日，有客星犯牵牛宿。计年月，正此人到天河时。又《荆楚岁时记》载：汉武帝使张骞使大夏寻河源，乘槎见织女、牵牛。此合用二典，以往天河喻还朝。杜甫入严武幕为参谋，授检校工部员外郎，本拟随严武还朝，不料严武卒于成都，还朝成为泡影，故称“虚随”。槎（chá），木筏。

3　画省：汉尚书省以胡粉涂壁，画古贤人烈女。故称尚书省为画省。香炉：汉尚书郎更直，有女侍史执香炉护侍。此处均指在尚书省供职，工部员外郎为尚书省属官。伏枕：指卧病。此句谓因卧病而有违供职尚书省之愿望。山楼：白帝城楼。粉堞（dié）：涂白粉的城上矮墙。隐：隐约。形容笳声似有若无。笳：管乐器，出于胡地，其声悲。

4　“请看”二句：谓月光从石上移到洲前，表示时光流逝，伫立已久。

千家山郭静朝晖，日日江楼坐翠微[1]。
信宿渔人还泛泛，清秋燕子故飞飞[2]。
匡衡抗疏功名薄，刘向传经心事违[3]。
同学少年多不贱，五陵衣马自轻肥[4]。

【注释】

1　山郭：山城。指夔州。翠微：山色，代指山。

2　信宿：隔夜。泛泛：船在水上泛行。故：仍然。飞飞：即飞。

3　匡衡：汉元帝时官至太子少傅、丞相。《汉书·匡衡传》：“衡上疏陈便宜，及朝廷有政议，傅经以对，言多法义。”杜甫在左拾遗任上曾抗疏救房琯。这句说自己有匡衡抗疏之作为，但功名不就。刘向：西汉著名经学家、文献学家。汉成帝时受诏领校禁中五经秘书。这句说自己有刘向传经之心愿，但无法实现。

4 同学：指同辈显贵者。五陵：汉代帝王所葬长陵、安陵、阳陵、茂陵、平陵，在长安、咸阳间。汉徙豪富于五陵之间，故五陵为豪富聚居之地。衣马轻肥：《论语·雍也》："赤之适于齐也，乘肥马，衣轻裘。"此变"裘马"为"衣马"，义同。

闻道长安似弈棋，百年世事不胜悲[1]。
王侯第宅皆新主，文武衣冠异昔时[2]。
直北关山金鼓振，征西车马羽书驰[3]。
鱼龙寂寞秋江冷，故国平居有所思[4]。

【注释】

1 似弈棋：喻政局反复多变。百年世事：指唐建国以来，约一百四十馀年，此举其成数。

2 "王侯"句：第宅易主见权贵失势，政争激烈。"文武"句：安史之乱后肃宗、代宗宠信宦官，授以相位帅职。又其时武官授内职，文武不分，故衣冠混杂，异于昔时。

3 直北：正北。金鼓：军中所用，以节制军队。金鼓振，谓军情紧急。征西：指与西部吐蕃作战。羽书：军中文书，插鸟羽以示紧急。

4　鱼龙：泛指水族。故国：指长安。平居：往日所居。

蓬莱宫阙对南山，承露金茎霄汉间[1]。
西望瑶池降王母，东来紫气满函关[2]。
云移雉尾开宫扇，日绕龙鳞识圣颜[3]。
一卧沧江惊岁晚，几回青琐点朝班[4]？

【注释】

1　蓬莱宫阙：唐长安大明宫，又名蓬莱宫。南山：终南山。在长安南。承露金茎：汉武帝作铜露盘，承天露，和玉屑饮之。唐长安无铜露盘，此混言汉事。

2　瑶池：传说在昆仑山上，为西王母所居。《汉武故事》载：七月七日西王母降于汉宫殿，见汉武帝。东来紫气：传说老子过函谷关，关令尹喜见有紫气东来。这两句引神话传说，写长安帝宅气势非凡。

3　雉尾：皇帝仪仗用雉尾扇，缉雉羽为之。龙鳞：指皇帝衮服绣龙图案。圣颜：皇帝容颜。这两句写入朝仪式。杜甫在肃宗朝任左拾遗，为常参官，每日入朝。

4　沧江：江水色青黑。此指作者所处夔州长江。青琐：汉宫殿门雕镂中空，涂以青色。点朝班：入朝传呼点名。

瞿塘峡口曲江头，万里风烟接素秋[1]。

花萼夹城通御气，芙蓉小苑入边愁[2]。
珠帘绣柱围黄鹄，锦缆牙樯起白鸥[3]。
回首可怜歌舞地，秦中自古帝王州[4]。

【注释】

1　瞿塘峡：长江三峡第一峡，在夔州东。曲江：长安曲江。见《曲江三章章五句》之一注1。素秋：秋当西方，属白色，故称素秋。

2　花萼：花萼楼，在长安兴庆宫。夹城：指兴庆宫通往曲江芙蓉园的复道。御气：帝王之气。玄宗常自兴庆宫循复道游曲江。芙蓉小苑：芙蓉园。在曲江边。边愁：指边防战事，包括安史叛军反叛。

3　珠帘绣柱：指曲江行宫建筑。黄鹄：黄鹤。锦缆牙樯：以锦为缆绳，以象牙饰樯桅，言曲江游船之华丽。这两句回忆曲江游览之盛。

4　秦中：关中。帝王州：言关中自古以来为帝王建都之地。

昆明池水汉时功，武帝旌旗在眼中[1]。
织女机丝虚夜月，石鲸鳞甲动秋风[2]。
波漂菰米沉云黑，露冷莲房坠粉红[3]。
关塞极天惟鸟道，江湖满地一渔翁[4]。

【注释】

1 昆明池：在长安西南，周围四十里。汉武帝时开凿，唐时为百姓蒲鱼之地。武帝旌旗：汉武帝开凿昆明池，用以习水战，故云。

2 织女：昆明池在汉时立牵牛、织女二石像于池之东西，以象天河。石鲸：昆明池汉时刻玉石鲸鱼。这两句亦混言汉事，言昆明池无复昔日之盛。

3 菰（gū）：水生植物，即茭白。其果实可食，称菰米。沉云黑：形容菰丛生之密。莲房：莲蓬。坠粉红：谓莲蓬结实后莲花凋落。这两句回忆当时昆明池种植景况。

4 关塞：指作者所在夔州。极天：言夔州山势之高。惟鸟道：只有鸟能飞过。一渔翁：作者自谓。

昆吾御宿自逶迤，紫阁峰阴入渼陂[1]。
香稻啄馀鹦鹉粒，碧梧栖老凤凰枝[2]。
佳人拾翠春相问，仙侣同舟晚更移[3]。
彩笔昔曾干气象，白头吟望苦低垂[4]。

【注释】

1 昆吾御宿：汉武帝时开上林苑，南至昆吾亭、御宿川。其地在去渼陂路上。逶迤：道路曲折。紫阁峰：终南山峰之一，在鄠县（今陕西户县）东南。渼（měi）陂：

在鄠县，唐时为游览胜地。

2 “香稻”二句：实际情况应是香稻之粒而被鹦鹉啄，碧梧之枝而由凤凰栖。但语序如此安排，既为合粘对，又丰富了语义层次。

3 拾翠：采拾花草。相问：相互问遗、馈赠。仙侣：指同游伴侣。这两句回忆同游渼陂之乐。

4 彩笔：五彩笔。干气象：指昔日献赋为文，为朝廷气象增辉。《南史·江淹传》载：江淹梦一丈夫自称郭璞，向其索笔，淹探怀得五色笔以授之，尔后为诗，绝无美句。

【解读】

《秋兴八首》是杜甫在夔州所作七律连章组诗，是夔州诗的代表作，也是杜甫七律的压卷之作。作者身处夔州，遥望京华，因秋感兴，八诗连章而下，一气贯注。第一首为总叙，统领以下七篇，以写巫山巫峡秋景为主，从“他日泪”、“故园心”而带出兴意。第二首次句便点出“望京华”，借典故说明返朝愿望如何落空，然后回到夔府眼下处境。第三首写景言情各半，最为规整，亦借典故言心事睽违，格调相对平静。第四首以下则转从长安入笔，写时局动荡，世事难料，然后收结到所处秋江。第五首进而回忆曾入朝参圣之际遇，恍如梦中，同样以眼前冷落之沧江为结。第六、第七、第八首分别写长安曲江、昆明池及渼陂之游，同时混言汉事，情景更为迷离恍惚，似真似幻，最后以今昔对比、白头吟望为总结。整组诗的时空场景在夔府秋江与回忆中的长安之间来回转换，其中实在的秋景只在前三首中写到，并不占主要位置。兴感的内容则主要借回忆中的各种场景来表现，相对宽泛模糊，几乎没有直接的表白，大体上可以理解为对朝廷盛日和过去生活的眷恋，以及对眼前处境的伤感。眷恋之中可能包含讽刺不满，伤感之中也可能有自我排遣，但都不是以很强烈的方式表达出来，也留下了较大的理解空间。这样一种不够十分明确的情绪表达，正是这类“兴”体作品的特点，更耐咀嚼回味，表达出了精神世界和生活总体的丰富内涵和难以定义的性质。

在表达这种情绪时，作者充分利用了组诗和律诗的特点，将一个主题反复变化发展，犹如交响乐中旋律的展开。整组诗分开来可以单独成篇，头脚俱全，合起来亦首尾相应，脉络畅通。在主题基本一致的情况下，每首诗在形象和色彩上不断变化。例如后四首回忆长安，首先是场景不断移动，由宫中到曲江，又到昆明池、渼陂；其次，又不断推出新的形象，写入朝景象似乎已渲染到家，但下面又变化为曲江泛舟，再变化为并非实见的织女、石鲸等虚幻形象，以及鹦鹉、凤凰等象征性形象。几首诗在结构上大同小异，而在造句组织上却极尽变化之能事，造成语义层次的丰富多解，如一向被作为经典例句的“香稻”二句。此外，在每首诗中空间点和时间点的相互关联都十分细密，像经纬一样交织。这些都充分发挥了律诗的“内繁式”变化特点。

咏怀古迹五首[1]

支离东北风尘际，漂泊西南天地间[2]。
三峡楼台淹日月，五溪衣服共云山[3]。
羯胡事主终无赖，词客哀时且未还[4]。
庾信平生最萧瑟，暮年诗赋动江关[5]。

【注释】

1　大历年间在夔州作。后四首均歌咏夔州及附近与某一历史人物相关之古迹，咏怀古人，唯第一首泛写漂泊经历，而结以怀庾信。

2　支离：《庄子·人间世》载：支离疏者，颐隐于齐（脐），肩高于顶，会撮指天，五管在上，两髀为胁。以其形体不全故名支离。后称丑病之状为支离。谢灵运《永初三年七月十六日之郡初发都》："良时不见遗，丑状不成恶。曰余亦支离，依方早有慕。"东北风尘际：指安史之乱爆发后杜甫逃难、陷贼、为官，辗转鄜州、长安、凤翔、华州等地的经历。漂泊：漂荡。西南：指入蜀以来。

3　三峡：长江三峡，即瞿塘峡、巫峡、西陵峡。楼台：泛指三峡一带古迹建筑，如白帝城等。淹日月：意谓在此淹留时间已久。五溪：在湖南沅水流域，其地有五溪蛮，好五色衣服。共云山：谓云山相连。此句谓夔州山水南连五溪。

4 羯胡：见《彭衙行》注22。侯景叛东魏降梁，又叛梁而导致梁亡。安禄山受唐恩而发动叛乱，事迹与其类似。诗意兼言二者。无赖：不可信赖。词客哀时：庾信入北朝后作《哀江南赋》等，哀悼梁朝之亡。此言庾信，亦自喻。

5 庾信：见《春日忆李白》注 2 及《戏为六绝句》之一。暮年诗赋：指庾信晚年在北周所作《哀江南赋》、《拟咏怀诗》等。江关：长江关隘。《汉书 · 地理志上》：“（巴郡鱼复县）江关，都尉治。”《水经注 · 江水》：“又东出江关，入南郡界，江水自关东径弱关、捍关。”庾信身在北朝而心系江南故国，故言其诗赋动江关。作者此时亦身在长江，故亦有自谓之意。

摇落深知宋玉悲，风流儒雅亦吾师[1]。
怅望千秋一洒泪，萧条异代不同时[2]。
江山故宅空文藻，云雨荒台岂梦思[3]？
最是楚宫俱泯灭，舟人指点到今疑[4]。

【注释】

1 宋玉：见《醉时歌》注 3 及《戏为六绝句》之五。宋玉《九辩》：“悲哉，秋之为气也，萧瑟兮草木摇落而变衰。”此句谓见秋风起草木摇落而深知宋玉当年的悲哀。风流：有风度。儒雅：文雅。

2　千秋：自宋玉生活的战国末年至唐代约有千年。萧条异代：言二人生于异代但同有身世萧条之感。

3　江山故宅：宋玉故宅相传有两处，一在归州（今湖北秭归），一在荆州（今湖北江陵）。此指归州故宅。空文藻：空有文采流传。云雨荒台：宋玉《高唐赋》写楚王游高唐，昼梦一妇人自称巫山之女，王因幸之，女去而辞曰："妾在巫山之阳，高邱之阻，旦为朝云，暮为行雨，朝朝暮暮，阳台之下。"荒台，即指阳台，在巫山。这句是问宋玉所写云雨阳台之事真是梦中所思吗？

4　最是：正是。楚宫：无确指，泛指楚国遗迹。这两句说巫山阳台一带楚国遗迹俱已泯灭，舟人指点亦难确信。

群山万壑赴荆门，生长明妃尚有村[1]。
一去紫台连朔漠，独留青冢向黄昏[2]。
画图省识春风面，环珮空归月夜魂[3]。
千载琵琶作胡语，分明怨恨曲中论[4]。

【注释】

1　荆门：荆门山，在今湖北宜都境内。此句写三峡一带山势连绵东向，有如奔赴荆门。明妃：即王昭君。晋人避司马昭讳改称明妃。村：即昭君村，见《负薪行》注8。

2　紫台：犹言紫庭、紫宫，即皇宫。朔漠：北方沙漠之地。此句写王昭君离汉宫远嫁匈奴。青冢：王昭君墓。在今内蒙古呼和浩特南。冢上草常青，故称青冢。

3 “画图”句：《西京杂记》载：汉元帝使画工图后宫形貌，案图召幸之。诸宫人皆赂画工，独王昭君不肯，遂不得见。匈奴入朝求美人为阏氏，元帝案图，以昭君行。及去，召见，貌为后宫第一。帝悔之，而名籍已定。乃穷案其事，画工皆弃市。环珮：妇女所佩玉器。此句写昭君不能返汉，惟有魂魄月夜归来。

4 琵琶：拨弦乐器，自胡地传入。汉公主出嫁乌孙，曾于马上奏琵琶。石崇《琵琶引序》谓：“昔公主嫁乌孙，令琵琶马上作乐，以慰其道路之思。其送明君，亦必尔也。”曲中论：琴曲歌辞有《昭君怨》。此混言琵琶曲诉昭君之怨恨。

蜀主窥吴幸三峡，崩年亦在永安宫[1]。
翠华想像空山里，玉殿虚无野寺中[2]。
古庙杉松巢水鹤，岁时伏腊走村翁[3]。
武侯祠屋长邻近，一体君臣祭祀同[4]。

【注释】

1 蜀主窥吴：蜀先主刘备忿孙权袭关羽，率军伐吴，自秭归进驻猇亭，吴将陆逊大败之。刘备还秭归，弃船步道还鱼复，殂于永安宫。永安宫：在鱼复县，即夔州。

2　翠华：帝王旗帜以翠羽为饰，代指帝王车骑。玉殿：指永安宫。野寺：原注："殿今为卧龙寺，庙在宫东。"这两句说永安宫殿已变为野寺，只能想象蜀主经过空山的情景。

3　古庙：夔州先主庙，在卧龙寺东。见上引杜诗原注。岁时伏腊：一年四季的祭祀。伏腊，伏日、腊日，夏祭和冬祭之日。

4　武侯祠屋：夔州诸葛武侯祠，与先主庙分立相邻。一体君臣：君臣同心同德。

诸葛大名垂宇宙，宗臣遗像肃清高[1]。
三分割据纡筹策，万古云霄一羽毛[2]。
伯仲之间见伊吕，指挥若定失萧曹[3]。
运移汉祚终难复，志决身歼军务劳[4]。

【注释】

1　诸葛：诸葛亮。宗臣：重臣。《汉书·萧何曹参传》："声施后世，为一代之宗臣。"

2　"三分"句：诸葛亮在隆中为刘备画策，东连孙吴，北拒曹操，后形成魏、蜀、吴三分割据的局面。纡筹策，曲为谋划。一羽毛：指鸾、凤等珍禽。此句将诸葛亮比喻为千古难得、高翔云霄的鸾凤。

3　伯仲：犹言兄弟。长曰伯，次曰仲。伯仲之间，犹言不相上下。伊吕：伊尹、吕尚。伊尹辅佐商汤，吕尚辅佐周文王、武王。萧曹：萧何、曹参。辅佐汉高祖刘邦，相继为丞相。此句谓诸葛亮的指挥才能非萧、曹可比。

4　运移汉祚：谓汉国运已终，帝祚将归他人。祚，帝位。志决：矢志不移。身歼：身灭，以身殉职。

【解读】

《咏怀古迹五首》借怀古抒写诗人情怀，是运用七律组诗来处理另一种常见题材的尝试。这组诗名为怀古，但又不是严格的凭吊古迹之作。其中第一首结尾提到庾信，并无对应的古迹。旧注以所谓“庾信宅”附会，其实并不存在。第二、三首所写宋玉宅、昭君村，也非作者在夔州所能亲临。作者写这些古人，其实是“借古人陈迹，以自写其怀，作者之性情也”（清吴瞻泰《杜诗提要》）。第一首起笔写自己“支离东北”、“漂泊西南”的经历，最后写庾信“暮年诗赋动江关”，显然有自喻意味。第二首咏宋玉，则从摇落之悲着笔，写这种悲哀如何引起千秋之下自己的共鸣。以上两位文人均以文思才藻擅名，故杜甫直接引为同调。第三首咏昭君，则强调其不得君王赏识的怨恨。这也是千古咏昭君之诗的共同主题，文人作者均从此怨恨中引发共鸣。第四、五首写刘备与诸葛亮的君臣相得，歌颂诸葛亮的杰出政治才能，这一主题在杜诗中已一再言及，不过在这组诗里，表明作者的思考由文学方面又转向政治方面，他的借喻托怀也从诗人身份的自己转向臣子身份的自己。分开来看，五篇写了五个人物，各有评判论赞；合起来看，五篇还是写的一个人的情怀。从写法上看，第二、第四首尚包含古迹景物描写，然后抒写凭吊之情。第三、第五首则通篇写古人事迹、命运，表达赞颂或伤感之意。这也大体代表了怀古诗的两种基本写法。

阁夜[1]

岁暮阴阳催短景，天涯霜雪霁寒宵[2]。
五更鼓角色悲壮，三峡星河影动摇[3]。
野哭千家闻战伐，夷歌几处起渔樵[4]？
卧龙跃马终黄土，人事音书漫寂寥[5]。

【注释】

1　大历元年（766）冬在夔州作。阁：指夔州西阁。杜甫在夔州时寓居处。

2　阴阳：指日月。短景：冬季日短。景，同影，指日影。霁：天晴。

3　鼓角：军中日落日出时击鼓吹角。星河：天河。

4　战伐：指蜀中军阀战乱。夷歌：当地少数民族的歌。渔樵：渔人、樵夫。

5　卧龙：指诸葛亮。《三国志·蜀书·诸葛亮传》载徐庶语："诸葛孔明，卧龙也。"跃马：指公孙述。左思《蜀都赋》："公孙跃马而称帝。"黄土：人死葬于黄土。人事：人的作为、遭遇等。音书：音信、书信。漫寂寥：徒然寂寞。

【解读】

这首诗描绘夔州冬夜景色，抒写诗人寂寞心情。前半写景，其中三、四两句为杜甫七律中的名句，格调悲凉壮阔，尤为感人。后半抒情言事，同样提及蜀中战乱和人民生活之困苦。但在此诗中，诗人情绪更显悲观：将名垂宇宙、被诗人一再歌颂的“卧龙”与割据称雄的“跃马”公孙并置在一处，用“终黄土”这一不可逾越的尺度泯灭了他们之间的不同。这并不是真正的历史评价，“卧龙跃马”都只是作为一种人生的参照：“终黄土”是他们的归宿，杜甫的很多朋友如严武、高适，以及他在《八哀诗》中叹挽的那些当世豪杰，此时也已故去，同样如此归宿。思考至此，诗人才可以用“漫寂寥”一语来排遣胸中郁闷，看淡人生的种种悲哀失意。不过，这种悲观的话还没有成为这首诗的主调，阁夜的悲壮景色和对时局的关注仍在诗中占有主要位置。

又呈吴郎[1]

堂前扑枣任西邻[2]，无食无儿一妇人。
不为穷困宁有此，只缘恐惧转须亲[3]。
即防远客虽多事，便插疏篱却甚真[4]。
已诉征求贫到骨，正思戎马泪盈巾[5]。

【注释】

1 大历二年（767）秋在夔州作。是时杜甫自瀼西草堂迁居东屯，将原住处让与自忠州来此的吴南卿居住。吴为杜甫表亲，任忠州司法参军。此前杜甫有《简吴郎司法》一诗，故此诗题“又呈”。

2 扑枣：打枣。任：听凭。

3 宁：岂能。此句言妇人为穷困所逼才会来此扑枣。转须亲：反而更应当亲近。此句告诫吴郎，正因妇人对你心存恐惧，所以更应对她亲近一些。

4 远客：指吴郎。这两句说妇人见客远来，遂有防备之心，虽属多事，但吴郎你立即插上篱笆，似乎要阻止妇人扑枣，却太过认真了。

5 征求：指赋税征调。戎马：战马。代指战乱。这两句转述妇人平日之言。

【解读】

这首诗以诗代简，呈给作者的一位亲戚。作者迁居后将原住处让给吴郎，叮嘱他关照一下西邻孤苦伶仃的贫妇人。诗人在最后指出使贫妇人落入这种境地的两个根本原因："征求"（赋税）和"戎马"（战争）。正是由于认识到这些社会问题的严重，才使诗人愈发同情普通人民的遭遇。这首诗既体现出作者对人民命运的深刻体察，也说明他对人的关心是如何体贴入微。由于是以诗代简，此诗中交待了很多近乎琐碎的事情，有些句子接近散文，作为诗的语言似乎过于松散枯拙。王嗣奭说它"本不成诗"（《杜臆》）。但由于其中包含了对人的心理的细微体察，表现了作者深厚的同情心，所以读起来仍很动人。仇兆鳌称其"直写真情至性"。杜甫的律诗有的很讲究语言的锤炼，很讲究诗境的塑造，有的则任其自然，以朴素质拙为美。此诗也从一个方面反映出作者无事无意不可以入诗的追求。

登 高

风急天高猿啸哀，渚清沙白鸟飞回[1]。
无边落木萧萧下[2]，不尽长江滚滚来。
万里悲秋长作客，百年多病独登台[3]。
艰难苦恨繁霜鬓，潦倒新停浊酒杯[4]。

【注释】

1 猿啸哀：三峡两岸多猿啼，见《秋兴八首》之二注2。渚（zhǔ）：水中小洲。

2 萧萧：风吹树叶声。《楚辞·九歌》："风飒飒兮木萧萧。"

3 万里悲秋：言远离家乡。百年：一生。

4 苦：极，甚。繁霜鬓：鬓发斑白，如著繁霜。潦倒：失意貌。

【解读】

这首诗为大历二年（767）秋在夔州作，诗的主题和形式都与一年前所作《秋兴八首》之一颇为类似。但此诗抒写心情比《秋兴》更为显露，悲哀情绪得到更为充分的渲染。此诗四句写景，四句写情，情景相对，十分匀整。前四句写秋景，视野十分开阔，确实是登高所见，极力渲染秋的肃杀气氛。基本上是一句写山，一句写水，但都是全景描绘，没有远近层次之别，大笔勾勒，点缀以猿啸、鸟飞，“无边”、“不尽”更在时间、空间上极力扩展。后四句写悲哀之情，内容无外乎万里作客、一生多病、孤独衰老，比《秋兴》交待得更为具体直接。但这四句写情与前四句写景都有勾连：“万里”承“无边”，“百年”承“不尽”，“多病登台”的形象又与“猿啸”、“鸟回”并列，显示在无边自然、永恒宇宙中与无情万物并置的渺小人生悲哀之沉重。全诗八句皆为对句，但不显呆板拖沓，各联之间联系紧密，不断发展变化。结尾二句稍弱，而音调仍铿锵有力。与《秋兴》组诗相比，此诗更显浓缩凝练，通过塑造阔大悲凉的境界，表达深沉浑厚的感情，语言运用十分自如，所以曾被誉为古今七律第一。

观公孙大娘弟子舞剑器行并序[1]

大历二年十月十九日，夔州别驾元持宅，见临颍李十二娘舞剑器[2]，壮其蔚跂[3]，问其所师。曰："余，公孙大娘弟子也。"开元五载，余尚童稚，记于郾城观公孙氏舞剑器浑脱[4]，浏漓顿挫，独出冠时[5]。自高头宜春、梨园二伎坊内人，洎外供奉舞女[6]，晓是舞者，圣文神武皇帝初[7]，公孙一人而已。玉貌锦衣，况余白首，今兹弟子，亦匪盛颜。既辨其由来，知波澜莫二[8]。抚事慷慨，聊为《剑器行》。昔吴人张旭善草书书帖，数尝于邺县见公孙大娘舞西河剑器，自此草书长进[9]，豪荡感激，即公孙可知矣。

昔有佳人公孙氏，一舞剑器动四方。观者如山色沮丧，天地为之久低昂[10]。㸌如羿射九日落，矫如群帝骖龙翔[11]。来如雷霆收震怒，罢如江海凝清光[12]。绛唇珠袖两寂寞，晚有弟子传芬芳[13]。临颍美人在白帝，妙舞此曲神扬扬[14]。与余问答既有以，感时抚事增惋伤[15]。先帝侍女八千人，公孙剑器初第一[16]。五十年间似反掌，风尘澒洞昏王室[17]。梨园弟子散如烟，女乐馀姿映寒日[18]。金粟堆南木已拱，瞿唐石城草萧瑟[19]。玳筵急管曲复终，乐极哀来月东出[20]。老夫不知其所往，足茧荒山转愁疾[21]。

【注释】

1　公孙大娘：唐玄宗开元年间著名舞伎。剑器：舞蹈名，属唐代健舞曲。健舞即武舞，舞女服戎装。陈寅恪考证，剑器舞者持双剑。另说以丈馀彩绸结两头，舞者双手执之而舞。

2　别驾：州郡佐吏。元持：事迹不详。临颍：县名，唐属许州，今河南临颍。

3　蔚跂（qǐ）：蔚是有光彩，跂是足举之貌，此形容其舞姿。

4　开元五载：即开元五年（717），时杜甫六岁。郾城：县名，唐属许州，今河南郾城。浑脱（tuó）：舞名，由西域传入，以舞用浑脱帽而得名。剑器浑脱，是剑器与浑脱的合舞。

5　浏漓：形容舞姿酣畅。顿挫：起伏低昂。独出：杰出。

6　高头：前头，位置在前。宜春、梨园：唐代宫内教坊机构所在。据《新唐书·礼乐志》：唐玄宗选坐部伎子弟三百教于梨园，号皇帝梨园弟子。又宫女数百，亦为梨园弟子，居宜春北院。伎坊：即教坊，唐宫廷所设教习歌舞的机构。内人：宫内伎人。洎（jì）：及。外供奉：唐代教坊有内外之分，外教坊在宫外，所属伎人即外供奉。

7　圣文神武皇帝：唐玄宗的尊号。

8　由来：来历。波澜莫二：言李十二娘与公孙大娘一脉相承。

9　张旭：见《饮中八仙歌》注8。邺县：今河北临漳。西河剑器：舞曲名。李肇《国史补》卷上记张旭言：“始吾见公主、担夫争路，而得笔法之意。后见公孙氏舞剑器，而得其神。”

10　色沮丧：失惊，变色。低昂：起伏不定。言天地为之变化。

11　㸌（huò）：光芒闪烁。羿射九日：《淮南子·本经训》载：尧时十日并出，尧乃使羿上射十日，中其九日。矫：健勇貌。骖（cān）龙翔：驾龙飞翔。

12　罢：舞终。

13　绛唇：朱唇。指舞女。珠袖：形容舞女服装的华丽。传芬芳：传其舞姿。

14　临颍美人：指李十二娘。白帝：白帝城，指夔州。神扬扬：神采飘逸。

15　有以：有来由，有根据。惋伤：感叹，感伤。

16　先帝：指唐玄宗。

17　五十年间：自开元五年（717）至大历二年（767），计五十年。似反掌：言时光流逝之速。澒洞：弥满无际。昏王室：指安史叛乱。

18　“梨园”句：安史之乱后宫中伎人流落各地，李十二娘也是其一。

19　金粟堆：即金粟山，在奉先县（今陕西蒲城）东北，玄宗葬于此，号泰陵。木已拱：言人死已久。唐玄宗卒于广德元年（763），至此已四年。《左传·僖公三十二年》：“尔何知？中寿，尔墓之木拱矣。”瞿唐石城：指夔州。瞿唐，即瞿塘。

20　玳筵：言筵席华贵。急管：管乐声急。乐曲至结束前通常节奏转快。

21　足茧：足上磨出茧子。言自己行路之多。愁疾：忧愁加重。

【解读】

在戏剧未充分发展之前，乐舞在所有艺术中是雅俗共赏、最具全民共娱性质的艺术。就如此诗所写到的唐代著名舞蹈家公孙大娘，她的剑器舞在宫中号称第一，为皇帝所赏识，书法家张旭也从观其舞中获得艺术灵感，而五岁幼童杜甫在郾城也曾亲眼目睹，五十年后在偏远的夔州又看到她的弟子李十二娘的表演。唐诗中描写歌舞的极多，但所描写的乐舞表演场合，除宫廷外，一般限于贵族或官僚的宴会，所写到的舞蹈种类颇为丰富，而一般也只限于铺排场面，描摹舞姿，形容服饰。没有哪一篇能像杜甫此诗这样，通过一段舞蹈写出五十年的风尘世变，写出自己一生的感慨悲伤。此诗的题材内容与《丹青引》等作品类似，既涉及到艺术，又与作者本人的身世和时代变化密切相关。所不同的是，此诗的题材更为大众化。因此，与一般诗人写贵族宴乐舞蹈多用律诗不同，杜甫此诗选择了歌行体，语言也更为通俗，以便尽可能生动地捕捉那妙曼舞姿所携带的美好记忆。同时，此诗与序文相配合，也更为全面地记述了舞蹈在那个时代的特殊艺术魅力。

江　汉[1]

江汉思归客，乾坤一腐儒[2]。
片云天共远，永夜月同孤[3]。
落日心犹壮，秋风病欲苏[4]。
古来存老马，不必取长途[5]。

【注释】

1　江汉：此指长江、汉水。杜甫自大历三年（758）初离夔州下峡，羁留峡州、江陵等地，秋至公安（今湖北公安）。诗为此一时期作。

2　乾坤：天地。腐儒：杜甫自称。

3　“片云”二句：主语即上文之“腐儒”。言自己如片云与天共远，长夜中与月同孤。

4　病欲苏：病渐复原。

5　老马：《韩非子·说林上》：“管仲、隰朋从于桓公伐孤竹，春往冬返，迷惑失道，管仲曰：‘老马之智可用也。’乃放老马而随之，遂得道。”诗意谓老马其智犹可用，不必责其长途负重。言外有自喻之意。

【解读】

古人老境早见，杜甫一生困苦，漂泊流离，衰老之叹更早形于歌咏。但即便在衰老之中，也还有壮心不已、矢志难移的另一种精神力量支持那些仁人志士。杜甫在老境之中也常常徘徊于悲哀与激奋这二者之间。他下峡出川，流转江汉，完全是为生活所迫，前途更为渺茫，没有任何使命或责任的逼迫，只有内心的信念和理想是支持他的精神力量。所以此诗所表现的老骥壮心，便更显难得。此诗当是旅途中所作，所以有三、四两句云远、月孤的比拟。前人曾讥此诗“日月并见”，未免矛盾。其实，诗人并非按时间顺序记述旅途实景，而是从抒情需要出发，对孤月、落日等意象加以组织安排，并赋予其一定的比喻象征意义。宋秦观词“雾失楼台，月迷津渡……杜鹃声里斜阳暮”，也曾被指摘，道理是一样的。

登岳阳楼[1]

昔闻洞庭水[2]，今上岳阳楼。
吴楚东南坼，乾坤日夜浮[3]。
亲朋无一字，老病有孤舟[4]。
戎马关山北，凭轩涕泗流[5]。

【注释】

1　大历三年（768）十二月，杜甫流寓岳州（今湖南岳阳）作此诗。岳阳楼：岳州城西门楼，下临洞庭湖。

2　洞庭：洞庭湖，在今湖南北部，湘水、资水、沅水、澧水汇入，北通长江。《水经注·湘水》："（洞庭）湖水广圆五百馀里，日月若出没于其中。"

3　吴楚：指长江中下游地区，战国时期为吴、楚两国之地。东南坼（chè）：此言洞庭湖水如将大地裂开。吴楚之地在中原东南。坼，开裂。乾坤：天地。这两句言洞庭湖水势之大。

4　无一字：指无书信。

5　戎马：战马。关山北：指北方战事。是年八月，吐蕃寇灵武、邠州，京师戒严。九月，唐军破吐蕃，京师解严。十一月，宰相元载以吐蕃连岁入寇，使郭子仪以朔方兵镇邠州。凭轩：依栏。涕泗：自目而下曰涕，自鼻而下曰泗。

【解读】

岳阳楼自开元年间张说谪守岳州、在此登楼赋诗而开始著名，前有孟浩然作《临洞庭》，杜甫过此留下这篇名作。大概由于岳州地处偏远，多为贬谪所经，又因洞庭水势浩渺，往往惹人愁思，所以岳阳楼似乎成为历代名楼题咏中特别以失意文人抒写愤懑而著称的场所。杜甫来到此地，虽与贬谪无关，但境况恶劣恐怕更甚于一般不得志文人。然而，由于其心胸非一般文人可比，所以在起笔点题之后，接下来便写出“吴楚东南坼，乾坤日夜浮”这样雄壮的句子，足令后人搁笔。别的诗人如果以五律或七律写出这样壮阔的景色之后，往往会因无相衬事迹可道，只能敷衍收结（杜甫早期的《望岳》、《登兖州城楼》也是如此）。而此诗恰恰相反，重点在后四句的自述：五、六两句写现状，结尾言其忧怀。唯有如此诗人形象，唯有如此胸怀，才堪与“乾坤日夜浮”的景象相映衬。在杜诗中，这样一种置景方式绝非偶见。凝缩在一句中，即是“天地一沙鸥”、“乾坤一腐儒”；在写景抒情中延展开来，便如此篇；在更长篇的纪事言情之作中，则是国家命运与个人遭际两条线索的交错铺展，始终密不可分。

岁晏行[1]

岁云暮矣多北风，潇湘洞庭白雪中[2]。
渔父天寒网罟冻，莫徭射雁鸣桑弓[3]。
去年米贵缺军食，今年米贱大伤农[4]。
高马达官厌酒肉，此辈杼柚茅茨空[5]。
楚人重鱼不重鸟，汝休枉杀南飞鸿[6]。
况闻处处鬻男女，割慈忍爱还租庸[7]。
往日用钱捉私铸，今许铅铁和青铜[8]。
刻泥为之最易得，好恶不合长相蒙[9]。
万国城头吹画角，此曲哀怨何时终[10]？

【注释】

1　大历三年（768）冬在岳州作。岁晏：岁暮，岁末。

2　岁云暮矣：岁暮。云，语助词，无义。《诗经·小雅·小明》：“岁聿云暮。”潇湘：潇水、湘水，在今湖南境内。

3　网罟（gǔ）：网。莫徭：杂居湖南一带的少数民族，长于射猎。自称其祖先有功，常免徭役，故以为名。桑弓：桑木制的弓。

4　“去年”句：《旧唐书·代宗纪》载：大历二年十

月，减京官职田三分之一，以给军粮。又命百官士庶出钱以助军。米贱伤农：粮食丰产，价格下降，农民实际收入反而减少。

5　高马：高头大马。杼柚（zhù zhú）：织布机。《诗经·小雅·大东》："杼柚其空。"茅茨：茅屋。这句是说农户家中资产被盘剥一空。

6　楚人：此指湖湘一带人，战国时为楚地。汝：此称莫徭射猎者。

7　鬻（yù）：卖。割慈忍爱：割舍儿女。慈、爱，代指儿女。还租庸：缴纳租税。唐前期实行租庸调制，租指租税，庸指服役或代役之实物。

8　"往日"句：《旧唐书·食货志上》载：乾元二年（759）第五琦更铸重轮乾元钱，一当五十，长安城中竟为盗铸，犯禁者不绝，京兆尹郑叔清擒捕之，数月间榜死者八百馀人。铅铁和青铜：铸铜钱而掺入铅铁。《旧唐书·食货志上》所记恶钱有"铁锡"之类。

9　刻泥为之：以泥为钱范。此言盗铸之易行。好恶：好钱与恶钱。不合：不应。相蒙：相欺骗。

10　万国：万方，各地。画角：号角，军中所用。此曲：即指《岁晏行》诗。

【解读】

杜甫大历三年（768）间在荆南暂住，随即流寓湖湘，根据他数年来对社会民生问题的切身感受，写作了这首

《岁晏行》。诗开篇写洞庭湖畔渔人、莫徭生活无着的景况，当是诗人到岳州后亲眼所见。接下来便联想及“况闻处处鬻男女，割慈忍爱还租庸”，正是他自蜀中到夔州，又下峡出川，一路所见所闻、惨不忍睹的景象。与诗人此前涉及民生问题的大多数作品有所不同，此诗不只是一般地反映人民生活困苦和赋税的沉重，而是写到米贱伤农、盗铸风行、钱法大坏等经济领域内的复杂现象，真实记录了安史乱后唐王朝所面临的财政和社会危机的深重程度。然而，所有这些经济和民生问题都与货币问题有关，当面对这一人力似乎无法控制的特殊对象时，诗人却无法像单纯面对战乱和诛求问题时那样，从道德立场上明确加以谴责。诗中所记的都是一些直观现象，诗人感觉到这个怪物的强大力量，无数人冒死追逐、为之驱使，也看到国家干预的举措不当和无效。但对这些现象产生的原因及其作用机制，作者却找不到寻求解答的方向。这正是这首诗所诉“哀怨”的特殊之处。我们不能要求杜甫像财政专家或经济学家那样，对这些现象一一给出理性的分析。杜甫作为诗人最值得珍视的是，通过诗歌提供了一个民间观察家的真切感受。当然，也正因为他不能充分理解这些现象，所以在诗中只能将这些现象罗列出来，无法进一步运用叙事手段给予更有力的文学表现。

客从[1]

客从南溟来，遗我泉客珠[2]。
珠中有隐字，欲辨不成书[3]。
缄之箧笥久，以俟公家须[4]。
开视化为血，哀今征敛无[5]。

【注释】

1 大历四年（769）在潭州（今湖南长沙）作。黄鹤注：“《唐史》：是年二月，遣御史税商钱。诗故托珠以讽，见征敛及于商贾也。”

2 南溟：南海。此指岭南道广州（今广东广州），又称南海郡。唐代设有市舶司，由岭南节度使兼任市舶使，负责对外贸易和征税。《旧唐书·王锷传》载：唐德宗时王锷为岭南节度使，“西南大海中诸国舶至，则尽没其利，由是锷家财富于公藏。”遗：赠遗，赠送。此仿《古诗十九首》：“客从远方来，遗我双鲤鱼。”泉客珠：张华《博物志》卷二：“南海外有鲛人，水居如鱼，不废织绩，其眼能泣珠。”左思《吴都赋》：“泉室潜织而卷绡，渊客慷慨而陈珠。”刘逵注引俗说：鲛人从水中出，曾寄寓人家，积日卖绡。鲛人临去，从主人索器，泣而出珠满盘，以与主人。按，泉客即渊客，避唐讳改渊为泉，亦即传说中的鲛人。此借传说鲛人之珠，实指南海所税商钱。泉即古钱字，货币又称泉货。杜甫《自平》：“自平中官吕太一，收珠南海千馀日。”亦以“收珠”代指税商。

3　有隐字：隐约有标记。王嗣奭云：“珠中隐字，喻民之隐情，欲辨而不得也。”穿凿不足据。这也是一种寓言写法。唐代税收及贡奉之金银铤和器皿等，都有交纳和贡奉者的戳记，寓言或就此生发。

4　缄：封藏。箧笥：竹制箱笼。俟：等待。公家：官家。须：须索，征敛。

5　征敛无：征敛至于无，即搜刮殆尽之意。

【解读】

杜甫漂泊至湖南长沙，长沙地近广州，广州是对外贸易重要口岸，商贾云集，在唐王朝经济生活和国家税收中的地位日趋重要，不少官员更趁机中饱私囊。杜甫在这一时期有多首作品提及广州权贵生活的奢华及当地发生的事件，《客从》诗正是在这种背景下写作的。这又是一首与税收和货币有关的作品，但却不像《岁晏行》那样直接陈述事实，而是采用了寓言写法，托珠为喻。说是寓言，但这首诗又不像《凤凰台》、《杜鹃行》等作品那样完全通过寓言形象和故事来表达寓意，而是包含了一部分现实情节，半真实半寓言地来表现主题。这篇寓言的核心喻象即是“泉客珠”，它来源神秘，可以收藏，以应征敛，但最后却出乎意料地“化为血”。珠本来是真实的珍宝，也可以作为所有珠宝（尤其是来自外域）的代表。因其珍贵难得，所以在来之久远的神话传说中成为鲛人所泣，染上了神秘色彩。但作为寓言形象，从这首诗所赋予它的情节来看，它显然又并非仅指真实意义上的珠宝。作为税收对象，它只能是喻指黄鹤注所说的“商钱”、货币。它的“化为血”这一结局，既利用了神话传说赋予它的神秘性，喻指税收征敛像吸血怪物一样的贪得无厌，同时还可能暗示了货币本身的神秘性及其易手的迅速和价值的变动。

小寒食舟中作[1]

佳辰强饮食犹寒，隐几萧条戴鹖冠[2]。
春水船如天上坐，老年花似雾中看[3]。
娟娟戏蝶过闲幔，片片轻鸥下急湍[4]。
云白山青万馀里，愁看直北是长安[5]。

【注释】

1　大历五年（770）在潭州作。小寒食：冬至后一百零五日为寒食节，禁火三日。小寒食为寒食后一日。

2　食犹寒：小寒食仍禁火。隐几：凭几。《庄子·徐无鬼》："南伯子綦隐几而坐，仰天而嘘。"鹖（hé）冠：贫贱所戴。鹖通褐。刘峻《辨命论》："鹖冠瓮牖。"吕向注："褐冠，贫贱之服也。"

3　雾中看：言年老眼花。

4　娟娟：美好貌。闲幔：言布幔在风中轻摆。急湍：急流。

5　直北：正北。

【解读】

大历五年（770）春，杜甫一直乘舟漂泊在湘江之上。至夏，湖南发生臧玠之乱，杜甫避乱往衡州。后返潭州，冬季将北返汉阳，病卒于舟中。这首诗是寒食佳辰在舟中作，诗人当时似乎是漫无目的的闲行，心情也显得平和宁静，只是北望长安、遥想家园，仍难抑愁怀。这首诗的三、四两句曾引起议论。沈佺期诗有“船如天上坐，人似镜中行”、“人疑天上坐，鱼似镜中悬”句，范温谓杜诗未免蹈袭之病。沈佺期是杜甫很尊敬的前辈、“通家”，在律诗艺术上也确实深受其影响。在杜甫意中，也许确实有沈佺期诗在。不过，此时的杜甫有充分的艺术自信，无论语从己出或袭用他人，都如信手拈来。这两句用一种平静的语调写老境、闲境，即便是化用前人之语也十分自然。

江南逢李龟年[1]

岐王宅里寻常见，崔九堂前几度闻[2]。
正是江南好风景，落花时节又逢君。

【注释】

1 大历五年（770）在潭州作。李龟年：唐玄宗时期著名宫廷乐人，安史之乱后流落江南。《明皇杂录》卷下："唐开元中，乐工李龟年、彭年、鹤年兄弟三人皆有才学盛名。彭年善舞，鹤年、龟年能歌，尤妙制《渭川》。特承顾遇，于东都大起第宅，僭侈之制，逾于公侯。……其后龟年流落江南，每遇良辰胜赏，为人歌数阕，座中闻之，莫不掩泣罢酒。"

2 岐王：睿宗第四子、玄宗弟李范。宅在东都洛阳尚善坊。杜甫十四岁时曾在东都岐王宅见李龟年。《云仙杂记》卷二："李龟年至岐王宅，闻琴声，曰：'此秦声。'良久又曰：'此楚声。'主人入问之，则前弹者陇西沈妍也，后弹者扬州薛满二妓，大服。"寻常：时常。崔九：原注："即殿中监崔涤，中书令湜之弟。"《旧唐书·崔仁师传》："（涤）素与玄宗款密……用为秘书监，出入禁中，与诸王侍宴不让席，而坐或在宁王之上。"宅在东都遵化里。崔涤卒于开元十四年（726），则杜甫于其宅见李龟年亦在幼年时。

【解读】

追怀开元盛世的主题，在杜甫晚年诗作中一再重现。这首诗中的李龟年，也是一位具有传奇色彩的艺术家，和曹霸、公孙大娘一样，因杰出的艺术成就名播一时，成为那个时代的代表。此诗的前两句回忆昔时得见李龟年的情景，只是平平道来，不见有何奇崛之处。但只要稍微追究一下这两句里提到的“岐王”、“崔九”其人，就可知那种场景是如何充满光彩、迥异寻常了。不是在这几位豪贵家中，怎能欣赏到这位深得皇帝赏识的艺人的歌声？诗人只用“见”、“闻”二字，“俱藏一歌字”（黄生评语）。这是符合实情的。杜甫当时只是十几岁的孩子，只能在堂前“闻”李龟年之歌，两人根本谈不上什么交情。后两句写“又逢”，语调也很平静，交待了相逢之地域、时节，但无限感慨之意，“世境之离乱，人情之聚散，皆寓于其中”（仇兆鳌评）。就是在这短短的四句诗中，诗人用这种很平静的写法，表达了丝毫不逊于《丹青引》、《剑器行》那些长篇的追昔抚今之感。杜甫此诗和李龟年的晚年经历，也因此被唐人采入小说。李龟年的事迹后来还被洪昇写进《长生殿》传奇。此诗也被誉为杜甫七绝的压卷之作。